Beat Brechbühl

Schnüff, Maria, 10 Paar Bratwürste

Beat Brechbühl

Schnüff, Maria, 10 Paar Bratwürste

Zytglogge

Die Erstausgabe erschien 1982 im Benziger Verlag Zürich
Lektorat: Renate Nagel
Umschlag und Illustrationen: Karin Widmer
Gesamtherstellung: Allgäuer Zeitungsverlag GmbH, Kempten
ISBN 3-7296-0401-5

Zytglogge Verlag Bern, Eigerweg 16, CH-3073 Gümligen
Zytglogge Verlag Bonn, Cäsariusstraße 18, D-W-5300 Bonn 2
Zytglogge Verlag Wien, Strozzigasse 14–16, A-1080 Wien

Inhalt

Die Lambretta

An diesem Tag war alles anders.
Mit einem Satz sprang Schnüff aus dem Bett, als die Mutter rief. Windesschnell zog er sich an, rannte in die Küche hinunter, wo bereits das Herdfeuer fürs Frühstück brannte. Er war so freundlich zur Mutter, daß die ihn besorgt ansah. Er wusch sich mit kaltem Wasser so geschwind, daß einem angst und bange werden konnte.
«Das ist aber stark», sagte die Mutter. «Wenn nur jeder Morgen so toll beginnen würde!»
«Ich reise ja auch nicht jeden Tag nach Hamburg. Wann fährt der Zug?»
«Halb zehn. Hast du alles gepackt?»
«Das Zeug steht doch seit Tagen bereit. Wie spät ist es?»
«Halb sieben.»
«Wenn Matis die Kühe schon gemolken hat, fahre ich auch noch die Milch in die Molkerei!»

Das Geräusch der eisenbeschlagenen Räder des Milchkarrens klang seltsam hohl und laut im grauen Herbstmorgen. Schnüff fröstelte. Der Weg war heute nicht lang. Ein paar hundert Meter – wenn Schnüff sich in kein Abenteuer einließ.

Aber die Nachbarn waren kurz angebunden. Ein knappes Tschau oder Grüßdich. Keiner staunte, daß Schnüff so früh aufgestanden und sogar guter Laune war.
Der Käsergehilfe murrte spöttisch: «Mußtest früh aus den Federn. Tut dir gut, Bürschchen!»
‹Und das auf den nackten Magen›, dachte Schnüff. Er schluckte jedoch und sagte: «Ich fahre nach Hamburg, heute vormittag.»
«Oha!» sagte der Mann. «Wer's vermag, fährt nach Hamburg. Früher mußten wir in den Ferien schuften wie die Tiere. Da warst du am Abend müde wie ein Kartoffelsack: leer und schlapp...»
«Mir reicht's!» sagte Schnüff in einem Ton, der ihn selber verwunderte. Aber so ließ er sich seine große Reise nicht vermiesen.
Drei, vier andere Männer brachten Milch, fast wortlos, nur einer fragte:
«Wie war das schon, mit deinem Hamburg?»
Schnüff erklärte, daß Karin, das Mädchen, das vor einem Jahr hier in Ottigen bei Schnüff die Ferien verbracht hatte, ihn für zwei Wochen nach Hamburg eingeladen habe. Und daß Vater drei Tage Ferien nehme und ihn mit dem Zug nach Hamburg bringe, aber im Grund hätte er, Schnüff, schon allein fahren können.
Was er nicht sagte: Er freute sich seit Wochen wie wahnsinnig, packte zweimal am Tag den Koffer und die Taschen. Für Schnüff war es eine Weltreise, und

die Eltern würden sich ein ganzes Jahr lang überhaupt keine Reise mehr leisten können.

Beim Frühstück saß die Familie wie immer während einer halben Stunde gemeinsam am Tisch. Jeder aß schweigend. Wer etwas zu sagen hatte, tat dies, nachdem Großmutter ihr Messer auf den Teller gelegt hatte.
Die Großmutter aß langsam, sie kaute alles sehr gründlich. ‹Vielleicht›, dachte Schnüff, ‹denkt sie während des Essens über schwierige Dinge nach.› Aber heute, fand er, hätte sie ruhig etwas über Schnüffs Reise sagen dürfen. Die Wanduhr tickte. Kein Wort. Von niemandem.
Tante Daniela trug ihr dunkelbraunes, volles Haar offen, es fiel ihr über die Schultern und den Rücken bis zu den Hüften. Ihre großen, blauen Augen träumten um diese Zeit ohnehin noch, sie träumten ziemlich weit weg, etwas Schönes, Trauriges. Daniela war vor einem halben Jahr dem Lehrerinnenseminar entflohen und wußte nicht, wie es weitergehen sollte. Inzwischen blieb sie zu Hause und half in der Gärtnerei. Nach dem Frühstück würde sie das Haar kämmen und hinter dem Kopf zu einem riesigen Knoten stecken.
Schnüffs Vater frühstückte sonst allein und schon um fünf. Er arbeitete auswärts in einer Klinik und hatte unregelmäßige Arbeitszeit. Behutsam griffen seine Hände nach dem Bauernbrot, vorsichtig legte

er auf die eine Hälfte der Scheibe ein Stück Käse, auf die andere Hälfte strich er Holundergelee. Schnüff mochte Vaters schmales Gesicht mit der starken Nase. Mit seinem blonden, sauber gescheitelten Haar erschien er in der Familie fast wie ein Fremder. Und Schnüff wußte jeweils nicht, ob er dem ruhigen, direkten Blick des Vaters ausweichen oder standhalten konnte.

Mutter saß neben Schnüff. Sie schaute er an, wenn er etwas haben wollte. Auch die Mutter hatte diesen offenen Blick. Sogar wenn sie ihn von der Seite ansah, hatte Schnüff das Gefühl: ‹Sie sieht alles an mir, was ich denke, was ich für eine Laune habe.› Schnüff war ebenso groß wie die Mutter; aber für ihn war sie immer noch viel größer.

Onkel Josefs halbrunde Stirnglatze fiel heute mehr auf als sonst. Er hatte sich die Haare schneiden lassen, aber das hatte nichts mit Hamburg zu tun. Sondern mit dem ‹Obstpflege- und -verwertungskurs›, den er am Mittag für drei Wochen im Nachbardorf antrat. Dann mußten die Mutter, Großmutter, Daniela, Onkel Matis und Herr Knopf den Bauernhof und die Gärtnerei allein bewirtschaften.

Herr Knopf war kleingewachsen. Er hatte eine Rückenverkrümmung, so daß er nicht einmal am Tisch aufrecht sitzen konnte. Mit seinen alten, gichtigen Fingern brockte er jeweils das Brot in den Milchkaffee. Jedesmal schwappte alles über, und sein Frühstück stand in einer Kaffeepfütze.

Plötzlich krächzte Herr Knopf mit seiner schwachen Stimme:
«Jesses je, sonst passiert mir das doch nie.» Er schaute auf, sah Schnüff lange an und sagte:
«Schnüff, daß du mir in Hamburg nicht ins Meer fällst und ertrinkst.»
«Ich paß schon auf», sagte Schnüff.
«Oder daß du nicht krank wirst, so kurz nach dem Krieg.»
«Ich glaube nicht, und Karin wäre ja da», sagte Schnüff.
«Oder daß dich die Russen nicht holen und nach Sibirien bringen.»
Schnüff sagte: «Nein, Herr Knopf, machen Sie sich keine Sorgen. Es wird alles gut gehen, es sind ja nur zwei Wochen.»
«Das mit den Russen», sagte die Großmutter, «möchte ich nicht gehört haben, Herr Knopf. Darüber haben wir schon oft gesprochen.»
«Ich könnte sterben – unterdessen», sagte Herr Knopf. Er hielt die Hände wie erstarrt über der Tasse und schaute alle am Tisch furchtsam an. Seine Hände hörten erst auf zu zittern, als Schnüffs Mutter sagte: «Herr Knopf, Sie werden nicht sterben, sicher nicht.»
«Wer weiß das so genau», sagte Herr Knopf leise.

Nach dem Frühstück verschwand Schnüff für eine Weile.

Mit Hans Kapp stand noch eine Rechnung offen. Die wollte Schnüff vor der Reise nach Hamburg beglichen haben.
Hans war der älteste Sohn des Nachbarn. Er besaß eine Handharmonika, ein neues Fahrrad mit zehn Gängen, ein Grammophon und fünf Platten, er bekam jedes Jahr zwei neue Anzüge, extra gefertigt vom Schneider. Hans war zwei Jahre älter als Schnüff, einen Kopf größer und vierzehneinhalb Kilo schwerer. Er hatte einen runden Kopf mit vielen Narben. Die Narben stammten entweder direkt von Schnüff oder indirekt von Schnüffs Ideen. Wenn es sein mußte, spannten die zwei ab und zu zusammen. Aber es mußte selten sein.
Und im Augenblick herrschte Kriegszustand. Anlaß war folgendes Gespräch zwischen den ungleichen Nachbarn:
Hans, aus sicherer Position hinter dem Gartenzaun und so laut, daß es das halbe Dorf hören mußte:
«Nimmst du einen Koffer voll Windeln nach Hamburg mit?»
Schnüff: «Ich reiß dir die Nase ab!»
Hans: «Schnüffschnüff, immer mit der Nase dem Boden entlang, der Karin nach – hast du Schnuller dabei?»
«Ich rupf dir die Ohren, du fette Masthenne du!»
«Milchzähnchen, schrei nicht so!» rief Hans.
Erstens war es Hans, der schrie, und zweitens, blitzschnell, war Schnüff mit einem Satz über den

Gartenzaun. Hans fing an zu quietschen wie ein Ferkel am Schlachttag, dann erst begann er zu laufen.
«Schnüff! Komm sofort zurück!»
Das war Matis, laut und deutlich! Da war nichts zu wollen. Mit einer brennenden Wut im Bauch ließ Schnüff Hans davonrennen.
Das war vor einigen Tagen gewesen.

In Sachen Rache, da konnte Hans sicher sein, würden Schnüff furchtbare Dinge einfallen.
Nach zwei Tage langem Nachdenken entschloß sich Schnüff für faule Eier. Fünf Stück hatte er in einem versteckten Hühnernest gefunden. Die konnte man doch vorsichtig in einem Taschentuch bis zu Hans' Schlafzimmer tragen, dann gab man der Tür einen leichten Stoß, rief «Gutentag» hinein, davon würde Hans zweifellos erwachen, und schmiß die stinkenden Eier an die Wand und unters Bett.
Die Hauptprobe ging jedoch arg in die Hosen: Schnüff zerschlug zur Sicherheit eines der faulen Eier in der Scheune. Als der blasse Eidotter auf dem Scheunenboden nachzitterte, sah das so gräßlich aus und stank so unbeschreiblich, daß es Schnüff davon kotzübel wurde. Mit einer Hand preßte er den Mund zu, rannte zum Scheunentor – dann passierte es eben.
Am Rachetag ersetzte Schnüff die faulen Eier durch eine Kilokaffeebüchse voll kaltem Wasser. Immer-

hin: Hans stand genau so ungern auf wie Schnüff. Er würde seinen Abschied sozusagen mit frischem Wasser begießen.
Um diese Zeit saßen die Erwachsenen beim Frühstück, und es war für Schnüff leicht, sich unbemerkt ins Nachbarhaus zu drücken und bis zu Hans' Zimmer zu gelangen.

Als Schnüff um die Ecke von Kapps Bauernhaus kam, sah er sie: Eine nagelneue, silbergraue Lambretta mit roten Zierstreifen stand vor den Pferdeställen. Und wie als zusätzliches Geschenk steckte der Schlüssel.
Schnüff fand die Gelegenheit einmalig. Die Lambretta gehörte dem Paten von Hans, der zu Besuch war. Dieser Pate war Schnüff noch nie besonders sympathisch gewesen.
Schnüff überlegte nicht lange. Er stellte die Kilokaffeedose Wasser auf den Boden. Sorgfältig schob er die Lambretta von den Ställen weg, hinter dem Haus vorbei auf den Weg, der zum Wald führte. Über den Kiesbach, an den Kiesgruben vorbei – dort würde ihn niemand sehen. ‹Nur eine Viertelstunde›, dachte Schnüff.
Schlüssel drehen, ankicken – das Motörchen lief.
Die Lambretta tat einen Sprung, dann saß Schnüff oben und hoppelte dem Wald zu.
Die Schlaglöcher umfuhr er elegant. Der lose Schotter am Wegrand war weniger lustig, da rutschte man

leicht. Aber Schnüff war immerhin der ‹gefürchtetste Jeepfahrer weit und breit›, so eine Lambretta war für ihn kein Problem.
Schnüff schaltete in den zweiten, dann in den dritten Gang. Die kleinen Räder schlugen in die Schlaglöcher. Die kühle Morgenluft trieb Schnüff Tränen in die Augen. Die Gänge zurückgeschaltet hatte er allerdings noch nie, und so ließ er, um anzuhalten und die Tränen abzuwischen, das Motörchen im dritten Gang auslaufen.
«Herrlich! Wahnsinnig!» sagte Schnüff laut.
Die Nase tropfte. Die Finger waren steif. Er steckte sie in die Hosentaschen.
Ein Motorgeräusch schreckte ihn auf. ‹Der Lastwagen vom alten Feldmann›, dachte Schnüff. Rasch schob er die Lambretta hinter ein Gebüsch. Er bückte sich ein wenig, bis der alte Feldmann vorbeigerumpelt war.
‹Nun aber in den Wald, ein richtiges Querfeldeinfahren›, sagte sich Schnüff, ‹mit Baumwurzeln und Abfahrten und kniffligen Steilhängen, da wird man gleich sehen, was so eine Lambretta alles kann.›
Am meisten machten Schnüff Kupplung und Handbremse zu schaffen, die seine kleinen Hände schlecht erreichen konnten.
Er dachte weder an Hans oder den Paten, noch an Hamburg. Er fuhr einfach.
‹Das ist wie fliegen.› Schnüff hätte jauchzen mögen vor Lust. –

Plötzlich ein winziger Rutscher im lockeren Kies, Schnüff wollte schreien, ein harter Schlag...

Wie weicher, warmer Schnee. Oder warme Watte? Schnüff hörte von ferne deutliche Stimmen, die rasch näher kamen. Die Stimmen sprachen mit ihm. Aber es dauerte eine Weile, bis Schnüff begriff, wo er sich befand: im Spital. Und neben ihm standen zwei Krankenschwestern.
Schnüff wollte sich erheben, aber es ging nicht. Ein riesiger Verband hielt seinen Kopf zusammen. Vor sich sah er sein rechtes Bein, das, leicht eingebunden, am Bettrand festgeklammert war. Sprechen konnte er nicht.
Langsam schob sich eine Sache an die andere: die Lambretta, der Waldweg, die Tränen im Gesicht, die klammen Finger, die Schlaglöcher, rutschender Kies...
«Ruhig liegenbleiben, und nicht sprechen», sagte eine der Krankenschwestern.

Als Schnüff das nächstemal erwachte, saß der Vater am Bett.
Lange sagten beide nichts.
Schnüff betrachtete seinen Vater, als ob er ihn jahrelang nicht gesehen hätte. Dann sagte er, so gut es der Verband zuließ:
«Habe ich alles kaputtgemacht?»
«Es wird schon wieder. Aber für einige Wochen

bleibst du hier. Gott sei Dank hat's dich nicht noch ärger erwischt. Und zum Glück hat der alte Zürcher vom Dreiberg zugeschaut.»
«Wann fahren wir nach Hamburg?»
«Vergiß das – vorläufig. Ich habe Karins Mutter ein Telegramm geschickt.»

Nach einigen Tagen konnten sich die Eltern Schnüffs Unfall zusammenreimen:
Er war mit etwa 70 Stundenkilometern auf dem schmalen Schotterrand ausgerutscht, das kleine Vorderrad war gegen einen Randstein geprallt. Schnüff hatte das Kinn am Lenker aufgeschlagen. Dann wurde er gegen eine Buche geschleudert, wo er bewußtlos liegenblieb.
Der Arzt sagte: «Gehirnerschütterung, drei Nakkenwirbel gestaucht, ein komplizierter Wadenbeinbruch.»
«Und die Lambretta?» fragte Schnüff.
«Die hat viel weniger abgekriegt. Hans' Pate läßt sie selber reparieren. Für den Unfall ist er verantwortlich, weil er den Schlüssel hat stecken lassen», sagte der Vater.
«Ich bin schuld, ich!» sagte Schnüff.

Sofort einschlafen

‹Wenigstens für die Besucher sieht das ganze Zeug imposant aus›, dachte Schnüff. Wie er wochenlang in diesem Apparat, sozusagen gefesselt, bewegungslos, liegen bleiben sollte – bei diesem Gedanken konnte man nur ganz schnell einschlafen. Überhaupt hatte er sich in den paar Tagen, die er im Spital lag, angewöhnt, einfach einzuschlafen, wenn ihm etwas nicht paßte, oder wenn ihm etwas zu übermächtig erschien.

An Hamburg, an Karin, an die Reise durfte er gar nicht denken...

Und was die Schulkollegen, und besonders Hans Kapp, über seinen Unfall sagten... besser sofort einschlafen.

Nicht einmal zum WC wurde er gebracht. Da kam die pummelige Schwester Giovanna mit den blauen Augen und dem braunen Kraushaar, die, wenn es Schnüff sich genau überlegte, zu allem Elend noch der Karin glich.

Also, Schwester Giovanna machte, ganz freundlich, jeweils kurzen Prozeß:

Entweder schob sie Schnüff eine Flasche, die aussah wie eine verunglückte Mostkaraffe, zwischen die Beine, steckte sein Pimmelchen in den Flaschenhals

und sagte: «Jetzt kannst du Wasser lösen.»
«Da hineinpissen soll ich?» hatte Schnüff beim erstenmal gesagt. «Das geht doch nie!»
«Wenn du mußt, geht's», hatte Giovanna gesagt. «Wenns gar nicht gehen sollte, drehe ich den Wasserhahn auf.»
Oder dann kam Giovanna lächelnd mit einem sogenannten Nachttopf. War das ein vertracktes Ding! Der niedrige Rand sollte wohl andeuten, daß über einen ehemals normalen Topf ein Lastwagen gefahren war!
Wenn dann der Stuhlgang, wie Giovanna und die Ärzte so schön sagten, in dem sogenannten Nachttopf deponiert war, nahm Giovanna jeweils mit gekonntem Griff den Topf weg, und mit einem nassen Tuch säuberte sie seinen Hintern.
Schnüff überlegte sich ernsthaft, wie lange er den scheußlichen Nachttopf wohl bestreiken könnte. Doch der Bettnachbar sagte, dann würden sie ihm ein Abführmittel geben, und das gäbe eine fürchterliche Schweinerei.
Also lieber den nassen Lappen.
Aber am peinlichsten war das tägliche Fiebermessen. Wie wenn es nichts anderes zu tun gäbe auf der Welt, kam Giovanna wie immer freundlich daher, schlug die Decke zurück und steckte ihm das eingeölte Fieberthermometer in den Darm.
«Tut's weh?» fragte Giovanna jedesmal.
«Nein, aber warum kann man das Fieber nicht unter

dem Arm oder im Mund messen?»
«Der Arzt will das so», sagte Giovanna. Widerrede war in diesem Fall völlig nutzlos. Aber vor allem wuchs, wenn im Hintern das Quecksilber die Säule hochsteigen sollte, Schnüffs Pimmelchen zu einem Stengelchen, und er, der gar kein Fieber hatte, lag da mit roten Ohren und heißem Kopf. Voller Angst, Giovanna, die dann am meisten Karin zu gleichen schien, würde ihn plötzlich einmal auf die andere Seite drehen.
Oder dann kam der Polizist Sutermeister persönlich ans Krankenbett. Schnüff mußte seinen Unfall, oder was er davon noch wußte, x-mal herunterbeten. So lange, bis er einfach nichts mehr sagen konnte und sich bereits überlegte, ob er nicht den Hergang wie in einem Schulaufsatz etwas ausbauen und interessanter machen sollte. Und zuletzt sagte Sutermeister dann:
«Nach diesem Unfall mußt du verdammt aufpassen, daß ich dich nie beim Jeepfahren erwische! Da nützt es dir nichts mehr, wenn du einfach den Kopf einziehst, wenn du an mir vorbeifährst! – Das gäbe möglicherweise Gefängnis für Matis, vielleicht für deinen Vater auch, für dich auf jeden Fall!»
‹Was will man bei solchen Tönen anderes tun›, dachte Schnüff, ‹als sofort einschlafen.›
Dann war da noch Schwester Bethli. Schnüff fand, daß dem alten Fräulein nur Häubchen und Bettsokken fehlten, damit sie der Sieben-Geißen-Wolf so-

fort auffraß. Außerdem riß ihre Stimme Schnüff immer aus dem gerechtesten Schlaf.
Sie fand unter anderem, daß es solchen Schlingeln recht geschehe, wenn sie einmal bös aufs Maul fielen. «Wenn ich deine Mutter wäre, würde ich dich zusätzlich gründlich ausstauben, wenn du wieder gesund bist. Aber die Leute erziehen ja heute modern, da werden Bengel wie du noch verhätschelt. Aber nicht bei mir!»

Mit der Zeit kamen von zu Hause alle auf Besuch. Nur Herr Knopf mochte nicht. Die Großmutter sagte: «Herr Knopf sagt immer, ‹wenn ich ins Spital gehe, komme ich lebend nicht mehr heraus. Die behalten mich.› Das wiederholt er so lange, bis man es nicht mehr hören kann. Und ich glaube es ihm sogar.»
Schnüff fand es gut, daß ihn alle besuchten, ihm ab und zu Schokolade, Äpfel oder Birnen mitbrachten. Aber irgend etwas fehlte. Niemand machte ihm Vorwürfe. Niemand tobte einmal richtig. Niemand war ungerecht zu Schnüff. Das ganze Elend war wie Gummi, ohne Widerstand.
Die Umgebung war auch nicht umwerfend:
Rechts neben ihm lag ein alter Mann, der nachts röchelte wie bei Schnüff zu Hause der Brunnenabfluß. Das Röcheln war unheimlich. Tags gab der Mann nur unverständliche Töne von sich und schneuzte ununterbrochen die Nase.

Links lag ein Bauer mit Fleischvergiftung. Ihn besuchten anscheinend nur unfreundliche Leute. Vielleicht deshalb sprach er mit niemandem im Saal.
Da sich Schnüff nicht bewegen konnte, bildeten die zwei die ganze Nachbarschaft in dem Saal mit zwölf Betten. Die meisten Patienten dösten den ganzen Tag vor sich hin, lasen vielleicht Zeitung oder eine Illustrierte. Wenn der Arzt mit zwei Assistenten und einer Schwester Krankenvisite machte, breitete sich eine heilige Stille aus. Die meisten waren dann kränker als vorher, und alle lauschten gläubig den Ratschlägen des Arztes.
Schnüff hatte wenigstens etwas, woran er sich halten konnte: Ein kaputtes Bein und einen angeschlagenen Kopf.
Natürlich hatte er seine Verletzungen genau betrachten wollen. Aber die Röntgenbilder von den zersplitterten Knochen und von der gebogenen Reihe seiner Nackenwirbel waren nach der zweiten Besichtigung langweilig.
Nach einigen Tagen kribbelte und juckte und zwickte es nicht mehr andauernd und überall. Es kam ihm vor, als hätte ihn jemand in eine Gugelhopfform gesetzt, und nun würde er langsam zum Gugelhopf. Das rechte Bein schien nicht mehr zu ihm zu gehören. Es war festgebunden, einbetoniert wie in eine Mauer.
Für den Kopf ließ er sich alle zwei Tage den Spiegel geben:

Schnüff als weißer Osterhase aus Kompressen und Binden. Pro Tag wurde sein Kopf zwei Stunden lang regelrecht an einen Galgen gehängt, damit die gestauchten Nackenwirbel auseinandergezogen würden.
Fehlte nur, daß in einem solchen Moment Hans Kapp den blödsten aller Gedanken hätte, nämlich, Schnüff zu besuchen. Auch diese Vorstellung war ein Grund, sofort einzuschlafen.
Aber manchmal geht alles daneben.
Eines Vormittags, selbstverständlich als Schnüff am Galgen hing, öffnete sich die Türe langsam, und wer trat ein: natürlich Hans Kapp mit seiner Mutter!
So hatte sich Schnüff das vorgestellt: Frau Kapp und Hans machten ekelhaft freundliche, interessierte Gesichter, bedauerten den Unfall, fanden das Spital so schlimm nicht, sondern eigentlich angenehm, und das Essen sei, hätten sie gehört, jedenfalls besser als das Essen bei armen Leuten.
Endlich fragte Hans:
«Was wolltest du mit der Kaffeedose voll Wasser?»
«Wasser? Kaffeedose?» fragte Schnüff.
«Weißt du, Schnüff», schaltete sich Hans' Mutter ein, «Hans ist so etwas wie ein kleiner Detektiv. Wenn er etwas sieht, das nicht so ist, wie es sein soll, vermutet er etwas.»
‹Der vermutet in dem Fall fast richtig›, dachte Schnüff, und er sagte:
«Keine Ahnung. Ich habe gehört, daß bei Operatio-

nen manchmal das ganze Gedächtnis draufgeht. Bei Gehirnerschütterungen könnte es ähnlich sein.»

Aber Hans wollte sich seinem Detektivruf würdig erweisen:

«Für alle Fälle habe ich die Dose sichergestellt. Leider ist das Wasser ausgelaufen.»

Da platzte Schnüff:

«Ich hatte sogar faule Eier für dich!»

«Nein!» rief Hans' Mutter entsetzt.

«Doch!» rief Schnüff. «Aber die stanken beim Probieren so entsetzlich, das habe nicht einmal ich ausgehalten!»

«Das gibts ja nicht!» sagte Hans beeindruckt.

«Und dann wollte ich dich nur ein bißchen kalt wecken, bevor ich nach Hamburg fuhr. Und da habe ich die verdammte Lambretta gesehen. Jetzt liege ich hier! Und mit Hamburg ist es Essig!»

Schnüff hatte sich so in Wut geredet, daß er wahrscheinlich nicht mehr zu bremsen gewesen wäre.

Aber dann trat Rosa Kapp ins Zimmer.

‹Gott sei Dank›, dachte Schnüff. ‹Wenigstens jemand, den ich mag.›

Rosa guckte ein bißchen im Krankensaal umher und fragte dann: «Wie geht's dir, wann kommst du heim?»

Sie sagte das so, daß es Schnüff warm wurde. Er sah sie an. Sie war groß und stark, nicht dick, sie hatte ein wenig dasselbe viereckige Gesicht wie ihre Brüder Paul und Ernst. Sie hatte hellblaue Augen und dunkelbraunes, dichtes Haar, ‹so richtig zum Drinherumwühlen›, dachte Schnüff. Ihre kräftigen Arme und Hände waren übersät mit Sommersprossen.

«Schnüff, ich habe dich gefragt, wann du nach Hause kommst.»

«Ach ja, natürlich. Äh – das weiß ich selber nicht, wirklich, die Knochen müssen ja erst wieder zusammenwachsen.»

«Entschuldigung, Schnüff, wir müssen uns leider verabschieden», sagte Hans' Mutter. Und Schnüff dachte: ‹Das fällt denen aber spät ein.›

«Ich gehe auch sofort», sagte Rosa. Dann senkte sie ihre Stimme fast unmerklich: «Ich wollte dir nur schnell etwas bringen.»

Sie schob ihm ein großes Kuvert unter die Decke, dann lächelte sie, fast ein bißchen wie ein richtiger Kumpan. Sie war noch vor Hans und seiner Mutter draußen. Frau Kapp platzte fast vor Neugier:

«Darf man denn so etwas ins Spital mitbringen? Ich meine, etwas das man unter der Decke verstecken muß?»

«Das geht niemand etwas an», sagte Schnüff.

Frau Kapp fuhr anders fort:

«Gut, daß Rosa und ihre Familie nicht mit uns verwandt sind. Es genügt ja, wenn sie ebenfalls eure Nachbarn sind, wenn auch von der andern Seite der Straße.»

Schnüff sah sie verständnislos an. Dann sagte er:

«Ich muß jetzt lesen.»

Er wußte, was in dem Kuvert steckte. Ein oder mehrere John-Kling-Hefte! Wunderbar. Aber wann sollte er die Hefte lesen? Giovanna interessierte sich vielleicht nicht für so was, aber Schwester Bethli... Schnüff kam nicht einmal bis zur dritten Seite, da raunzte Schwester Bethli schon:

«Was soll dieser Mist! Wer hat das gebracht! Sicher nicht Frau Kapp!»

Sie packte die Hefte und verstaute sie vier Betten weiter vorne in einem Wandschrank, dann verließ sie den Saal.

Schnüff schloß die Augen. Aber er konnte nicht einschlafen. Eine fürchterliche Wut auf sich selber stieg in ihm hoch: Alles hatte er sich verpatzt, Hamburg, die Reise. Er würde Karin nicht wiedersehen, und sein Ruf als bester Jeepfahrer war auch dahin. Alle würden ihn heimlich auslachen. Mit einer lächerlichen Lambretta umzukippen wie ein Säugling mit einem Kinderwagen...

Da könnte man einen Haufen Buchenscheiter fressen vor Wut.

Marias Brief

Drei Tage später legte Schwester Bethli Schnüff einen Brief hin. Als sie aus dem Saal war, riß Schnüff hastig den Umschlag auf.

Ottigen, den 15. September

Lieber Bernhard,
es tut mir richtig leid, daß Du diesen blöden Unfall hattest. Noch schlimmer finde ich, daß es ausgerechnet in den Ferien passiert ist, wo Du sowieso nicht in die Schule mußt. So gesehen ist alles für die Katz. Ich kann Dir Deinen Ärger nachfühlen. Karin habe ich sehr gemocht, und nach Hamburg möchte wohl jeder von uns gern.
Aber nächste Woche haben wir wieder Schule. Du kannst Dich trösten. Wir müssen dann wieder schuften, und Du kannst es schön haben. Vielleicht kommen wir alle einmal zu Dir, wenn Du noch im Spital bist und uns Frau Grimm freigibt. Ich wünsche Dir von Herzen gute Besserung. Und nimm es nicht so tragisch.

Freundliche Grüße
von Maria Bender

‹Das ist ja ein Ding›, dachte Schnüff. Ganz unten am Rand war etwas extra verdreht geschrieben. So, daß

man es nicht lesen konnte, oder, nach langem Entziffern, eben doch lesen konnte.
Schnüff hatte eine fast schlaflose Nacht. Am nächsten Morgen fand er heraus, was unter dem Brief stand.*

Maria Bender? Schnüff hatte das Mädchen kaum wahrgenommen, obwohl sie in dieselbe Schule gingen. Sie schien ihm sehr still, sie machte kaum Streiche mit, von sich aus stellte sie schon gar nichts an, ja, vielleicht war sie ein bißchen langweilig?
Sie kam aus dem ‹Armenhäuslerquartier› am Rotbach, aus einer Familie mit drei Mädchen. Die Leute sagten: ‹Der Bender kauft nur der Ältesten Kleider, die andern müssen sie auftragen›, oder ‹Benders besitzen nur einen Eßlöffel, darum essen sie nacheinander ...›
Maria schien sich nicht viel um diese Sprüche zu kümmern. Aber vielleicht benahm sie sich deshalb so unauffällig.
Sie hatte eine Schwester, die ein Jahr jünger und fast immer krank war. Schnüff hatte Leni selten gesehen. Er konnte sich nur an ihre roten Haare, an ihr scheues Lächeln, an die Sommersprossen auf ihren Handrücken erinnern.
Maria wurde in ihrer Klasse ‹das Mäuslein› genannt.

* Es hieß: ‹Am liebsten würde ich allein kommen.›

Schnüff konnte sich nicht erklären, warum dieser Brief ihn dermaßen beschäftigte. Ihm wurde ganz heiß und kribblig. Aber irgendwie war es ein gutes Gefühl.

Nach Hause

Wenn Schnüff geglaubt hatte, nach vier Wochen Spitalaufenthalt könne er eines Tages lautlos abschleichen, hatte er sich getäuscht.
Abgemacht war, daß die Mutter um halb zehn (... der Zug nach Hamburg!) mit dem Jeep kommen und das Köfferchen packen würde. Schnüff würde hinten in den Jeep gebettet, damit er sein Gipsbein hoch lagern konnte.
Um neun steckte aber plötzlich Ernst Kapp die Nase zur Tür herein, und dann – folgte die ganze Klasse! Alle kamen ihn abholen! Schnüff wußte fast nicht, wohin sehen. Ein paar Tränen blieben ihm zwischen Hals und Augen stecken.
Zwar wußte niemand so recht, was sagen. Aber alle hatten den ganzen Weg von Ottigen ins Spital nur seinetwegen gemacht – und zurück mußten sie allein, da Schnüff mit seinem Gipsbein auch nicht in die raffinierteste Fahrradtrage gebettet werden konnte.
Er hätte allen gern etwas angeboten. Aber die Schokolade hatte er vorsorglich schon am Vortag aufgegessen, Äpfel und Birnen waren in dem Bauerndorf eine zu große Selbstverständlichkeit. Schwester Bethli erwies sich zum Schluß doch noch als Schatz:

Sie organisierte für Schnüff und seine Klasse sozusagen aus dem Ärmel eine große Tüte Orangen.
Dann kam die Mutter, die Schüler verschwanden. Alles ging so schnell, daß Schnüff nachher nicht mehr sicher war, ob seine Kameraden wirklich dagewesen waren.

Als die Mutter durch Ottigen fuhr, überlegte Schnüff, daß sie ruhig etwas langsamer hätte fahren können. Dann hätte ihn jeder mit seinem Gipsbein im Jeep liegen sehen können. Und vielleicht wären auch seine Schulkollegen rechtzeitig zurück gewesen, um ihn vor der Haustür zu empfangen.
Mit einem knappen Ruck hielt die Mutter vor dem Haus an, und Schnüff bestand darauf, ohne Hilfe aus dem Jeep zu kriechen.
Die Großmutter kam die Haustreppe hinunter.
«Grüß dich, Schnüff. Gut, daß du wieder bei uns bist.» Sie gab ihm einen Schmatz auf die Wange.
Schnüff hatte sich heimlich einen ziemlich großen Empfang vorgestellt. Er war fast ein wenig enttäuscht.
Als er in die Küche kam, sagte Tante Daniela:
«Da bist du ja, du Unglücksrabe – wie geht's dir?»
«Ich kann nur mit diesen Apparaten gehen», sagte Schnüff und hob eine Krücke hoch.
«Bald gibt es Mittagessen. Dann kommen Vater und die andern auch», sagte die Mutter. «Ich fahre den Jeep in die Garage.»

In diesem Moment stieß Tasso, der Hund, die Küchentüre auf und stürzte sich auf Schnüff. Wenigstens einer, der sich seine Freude anmerken ließ! Tasso bellte wie verrückt, sprang an Schnüff hoch, leckte sein Gesicht, und mit dem Schwanz fegte er Zeitschriften und zwei Blumenvasen auf den Boden. Dann mußte Schnüff ihn nach draußen begleiten. Zusammen begrüßten sie die Kühe wenigstens von der Stalltür aus, sagten sie dem Pferd und den Kaninchen guten Tag, sahen sie nach, um wieviel die kleinen Schweine gewachsen waren.

Dann krückte Schnüff zu den Treibhäusern. Josef und Matis warfen verdorrte Sommerpflanzen weg und füllten neuen Sand für den Winter-Chicoree in die Hurden. Sie unterbrachen ihre Arbeit und begrüßten Schnüff.

«Grüß dich Schnüff. So, sind deine Knochen wieder heil?» sagte Matis.

«Es geht. Habt ihr schon Äpfel gelesen?»

«Erst die mittelspäten», sagte Josef und reichte Schnüff die Hand. «Die späten holen wir in einem Monat.»

«Aber das Kohlenlager für die Treibhausheizung habt ihr schon aufgefüllt», stellte Schnüff fest.

«Allerdings», sagte Matis. Dann packten sie die Sandkiste.

Auch über den Gärten hinter den Treibhäusern lag, fast unmerklich, der Herbst. Die Astern und Dahlien blühten, einige Kohlköpfe standen schräg und

sperrig da, als warteten sie aufs Einkellern. Die Blätter der Haselstauden und Brombeeren hatten ihr sattes Grün gegen ein bräunliches Grün eingetauscht.
Nur den Buchsbäumen konnte der Herbst nichts anhaben. ‹Aber sie riechen weniger stark als vor meinem Unfall›, dachte Schnüff.
Er stand unter der großen Tanne und sah hinauf. Sie hatte sich nicht verändert. Immer noch ragte sie weit über den Dachfirst hinaus. – An ihr hochzuklettern, in die Vogelnester in den obersten Ästen zu gucken und vielleicht ganz zuoberst zu singen – das tat Schnüff sogleich aus dem Kopf.
Auch die Blätter des Birnbaums neben dem Brunnen färbten sich gelblich, und die reifen Birnen waren schwer zu erkennen. Die wilden Reben bedeckten zwar den grauen Verputz der Hausmauern noch, doch in drei Wochen würden die Blätter tiefrot sein und langsam vom Herbstwind weggeblasen werden.
Der Fensterladen auf der Nordseite des geheimnisvollen Estrichs stand einen Spalt offen, aber Schnüff mußte schweigend seine Neugier bezähmen.
Trotz der steilen Treppe schaffte er es bis auf den Zwischenboden der Scheune. Es war noch genug Holz da, von dem er, sobald er wieder gehen konnte, jeden Tag nach dem Mittagessen zwei Körbe voll in die Küche tragen mußte.
Allmählich fühlte er sich wieder zu Hause.

Er humpelte in die Garage. Und plötzlich stand Herr Knopf vor ihm.
«Grüß Gott, Herr Knopf, ich bin wieder da», sagte Schnüff und streckte dem Männchen die Hand hin. Herr Knopf tat so, als ob er die Hand nicht sähe, und tappste vorbei.
«Was ist mit Herrn Knopf?» fragte Schnüff die Großmutter.
«Es geht ihm nicht gut. Er sollte sich an der Blase operieren lassen, aber er will absolut nicht ins Spital. Er sagt, er wolle hier, bei uns, sterben. Es ist nicht leicht mit ihm. Aber wenn er die Schmerzen erträgt, möchten wir ihm seinen Wunsch erfüllen.»

Das war lieb: Von Karin war ein Brief da. Das heißt, es waren zwei Briefe, ein ganz langer, in dem sie ihre Ferien schilderte, die nun ohne ihn stattgefunden hatten, und ein ganz kurzer:

Lieber Schnüff,
ich habe so oft an Dich gedacht. Ich freue mich, daß Du nun wieder zu Hause bist und daß Du bald wieder Jeep fahren kannst. Und ich hoffe, daß Du vorläufig keine Lambretta mehr in die Finger kriegst. Aber viel mehr hoffe ich, daß Du nächstes Jahr zu uns kommst.

Ganz liebe Grüße
von Karin aus Hamburg.

Schnüff schien es, als hätte er das alles überhaupt nicht verdient.
Es wäre ihm leichter geworden, wenn ihn endlich jemand gepackt und ordentlich durchgeschüttelt hätte. Dann wäre der Unfall für ihn erledigt gewesen, auch wenn er noch an Krücken herumhumpelte.
Dann sah er in Nachbars Garten Hans Kapp. Hans winkte. Schnüff winkte zurück.
Schnüff war wieder da.

Der zweite Brief

«Schon wieder ein Brief, das wird ja heiter», sagte die Mutter. «Wenn dir nun alle Mädchen im Dorf und noch Karin Briefe schreiben, wächst dir vielleicht ein roter, dicker Kamm aus dem Kopf.»

«Vielleicht ist der Brief gar nicht von einem Mädchen», sagte Schnüff. Aber dann zog er sich doch lieber auf sein Zimmer zurück, ehe er ihn öffnete.

Lieber Bernhard,
irgendwie hoffe ich, daß Du die Zeile unter meinem letzten Brief nicht hast lesen können. Aber irgendwie hoffe ich es doch.
Stell dir vor, ich habe an Karin geschrieben. Wir sind jetzt Freundinnen. Von mir wußte sie, daß Du heute nach Hause kommst.
Meine jüngste Schwester, Leni, hat Lungenentzündung und ist in Bern im Spital. Der Arzt weicht uns aus, wenn wir ihn fragen, ob Leni bald gesund werde. Wir denken Tag und Nacht an sie.
Hier ist das erste schöne Herbstblatt, das ich gerade fand. Es ist ein Ahornblatt. Hättest Du es gewußt? Klar. Aber ist es nicht wunderschön?

Liebe Grüße
von Maria Bender

Schwester Giovanna hatte im Spital ab und zu von einer italienischen Maria erzählt. Dabei betonte sie ‹Maria› nicht gleichmäßig auf den beiden kurzen a, sondern auf dem i. Schnüff fand ‹Mar*i*a›, wie Giovanna es aussprach, viel schöner: Mar*i*a...
Diese beiden Briefe brauchte niemand zu lesen.

Schnüff sah sich im Zimmer nach einem Versteck um. So einfach war das nicht.
Da standen zwei Betten mit hohen Gestellen vor den großen, bis auf den Balkon reichenden Fenstern. ‹Hinter den langen Vorhängen vielleicht? Da fallen sie bestimmt runter, wenn jemand die Vorhänge zuzieht.›
Unter dem Kopfkissen lagen schon die Steinschleuder und die Taschenlampe, um John-Kling-Hefte unter der Decke zu lesen, wenn Daniela im Bett nebenan schlief. (Ein John-Kling-Heft lag jeweils unter einem Karton unter dem Nachttopf.)
Die blassen Blumentapeten an den Wänden boten keinen verborgenen Schlitz, hinter den man hätte Liebesbriefe schieben können.
Und das Nachttischchen wurde ziemlich oft von Mutter ausgemistet, die dann erbarmungslos Schnüffs sorgfältig gesammelte Schätze wegwarf, gleich ob Kaugummis, alte Kalender, Hosenknöpfe, Zigarettenstummel, getrocknete Heuschrecken, Schneckenhäuser.
Der kleine Waschtisch mit der kalten Marmorplatte

kam auch nicht in Frage – Briefe mochten Wasser sicher ebensowenig wie Schnüff!
Überhaupt – so persönliche Dinge in einem Raum aufbewahren, der noch Daniela oder andern mitgehörte... Schnüff beschloß, die Briefe vorläufig in der Hosentasche aufzubewahren und sie später hinter einem Balken in der Scheune zu verstecken.

Der Boxkampf

Als wenn alle gewußt hätten, daß Schnüff eine heikle Sache zur Sprache bringen wollte, aßen sie schweigend, und keiner würdigte Schnüff auch nur eines Blickes.

Schnüff sah die Großmutter an, die oben am Tisch saß. Er dachte: ‹Wenn sie mich jetzt ansieht, sag' ich's.› Aber Großmutter schaute ihn nicht an. Er blickte auf ihre Hände, sie zitterten fast unmerklich. Plötzlich schaute sie ihn an, ruhig, mit ihren kieselgrauen Augen.

«Äh –!» versuchte es Schnüff.

Ein wenig schienen die andern im Essen innezuhalten.

«Ehm –!» sagte Schnüff. Die Großmutter sah ihn immer noch an. Also mußte es heraus, und am besten schnell:

«Ich gehe heute abend auch zum Boxkampf. Die Klasse nimmt mich sozusagen mit. Es dauert nicht lange. Um neun ist wahrscheinlich schon alles aus, und dann bringen mich Rosa und Paul wieder nach Hause.» Das wirkte.

Tante Daniela legte den Löffel hin. Vaters Viertelrädchen Wurst blieb auf halber Höhe zum Mund an der Gabel stecken.

«Du-u!» sagte Mutter.
«Das ganze Dorf geht in den ‹Löwen›.»
«Was heißt das ganze Dorf», sagte Daniela, «*wir* gehen bestimmt nicht hin.»
«Ich vertrete euch alle», sagte Schnüff voreilig.
«Ich will nicht vertreten werden», sagte Daniela, «im übrigen sind wir beim Essen, da wird nicht geredet.»
«Wenn einer aus Ottigen im nächsten Dorf Kantonsmeister im Mittelgewicht werden will, muß man hingehen, ob man will oder nicht», sagte Schnüff.
«Wer sagt das?» fragte die Großmutter.
«Ich, und alle andern in der Schule auch, sogar der Gemeindepräsident Kapp geht hin, und der Käser, und wahrscheinlich der Vater von Hans Kapp, stell dir das vor.»
«Boxen ist ungesund», sagte die Mutter.
«Boxen ist gar kein Sport – sonst könnte ich hingehen und die Bürschchen wegblasen», sagte Onkel Matis gleichgültig. Wenn Schnüff Matis' mächtige Hände betrachtete, seine Körpergröße von mindestens einsachtzig in Rechnung brachte und daran dachte, wie Matis ihn, Schnüff, ab und zu durchbleute ...
«Angenommen, jemand würde euch allen Freikarten schenken für heute abend?» versuchte es Schnüff.
«Das interessiert mich überhaupt nicht», sagte Onkel Josef. Schnüff probierte es weiter:

«Paul und Rosa Kapp würden mich mit einem Fahrradanhänger abholen und wieder zurückbringen. Mehr kann niemand erwarten.»
«Wer bezahlt?» fragte Vater.
«Einige Kinder bekommen Freikarten.»
«Gehörst du dazu? Warum?» fragte Vater.
«Weil ich ein kaputtes Bein habe.»
«Bis jetzt hat noch keiner aus unserer Familie einen Sportanlaß besucht. Wir haben schwer zu arbeiten, da bleibt keine Zeit für Sport», sagte die Großmutter.
«Aber ich kann nicht arbeiten», sagte Schnüff.

Wie ein Pascha saß oder lag Schnüff zwischen Paul Kapp und Rosa. Das ausgestreckte Gipsbein lag auf Pauls Knien.
Der Vereinssaal des ‹Löwen› war voll Rauch, voller Leute und Gerede. Von weitem hörte es sich an, als rollten leere Blechdosen umher oder eine Dreschmaschine beginne langsam zu laufen.
Schnüff sah einige Ottiger, und auch Kinder aus der Schule waren da. Vom «ganzen Dorf» konnte keine Rede sein, das hätte im stickigen Löwen-Saal nie Platz gehabt.
An den Wänden hingen Plakate: «Peter Silbermann, Ottigen, gegen Karl Bauer, Bern». In der Mitte des Saals stellte ein schwach beleuchtetes, erhöhtes Viereck aus Tannenbrettern den Kampfring dar, der mit Seilen umzäunt war.

Die erste Stuhlreihe für die Zuschauer stand einen Meter vor dem Viereck, so daß die Zuschauer die Füße der Kämpfer auf Nasenhöhe sahen. In zwei Ecken des Rings standen Eimer mit Wasser.
«Bist du nervös?» rief Schnüff Rosa zu.
«Nein, warum auch? Wir kennen ja Peter Silbermann kaum.»
«Er ist eben schon lange in Genf. Dort wurde er auch Boxer. Dafür kennen wir seine Brüder.»
«Wenn es ums Prügeln geht, sind die Silbermänner unschlagbar», sagte Paul.
«Sofern sie zusammenhalten. Hans jedenfalls und Heinz sind in unserem Bergkrieg jeweils nicht zu packen, und Herbert ist noch zu klein, der gilt nicht.»
«Dafür der Vater!»
«Oha! Ist der auch da?» fragte Schnüff interessiert.
«Sie kommen!», sagte Paul und reckte sich. Schnüffs Gipsbein hielt er mit beiden Händen fest.
Rosa sagte: «Die ganze Silbermann-Bande zieht ein.»
Durch einen schmalen Gang drängte sich einer der Organisatoren, hinter ihm ging groß und wuchtig Vater Silbermann. Auf seinem birnenförmigen Schädel wuchs kein Haar. Die Augen lagen tief in den Höhlen unter der schweren Stirn, und tiefe Falten über der Nase zeigten den Ernst der Lage. Hinter seinem breiten Rücken ging Peter, in weißen Turnhosen, einem blauen Unterleibchen, in weißen,

hohen Turnschuhen und weißen Socken. Er sah zu Boden. Hinter Peter kam Hans Silbermann, der guckte ziemlich keck in der Runde umher, hinter Hans kam Heinz, der machte eher ein betrübtes Gesicht und hielt die Hände in den Hosentaschen, und zuletzt drängelte sich auch noch der kleine Herbert staunenden Gesichts durch die Menge. Die Silbermänner glänzten mit ihren kahlen Birnen: Der Vater hatte alle Haare durch Haarausfall verloren, die vier Jungen durch die Schere des Vaters – in diesem Punkt fühlte sich Schnüff den jungen Silbermännern richtig verbunden, denn auch er mußte ab und zu mit einem von Großmutters rupfender Tondeuse verursachten Kahlschlag durch die Gegend laufen.

Die Leute klatschten und riefen vereinzelt: «Hopp Silbermann, hopp Peter...» Nur die Leute in den Reihen vor und hinter Schnüff klatschten nicht. Aber da kam auch schon Karl Bauer aus Bern mit seinem Trainer.

Die beiden Grüppchen setzten sich auf beiden Seiten des Rings auf einige freigehaltene Stühle. Von Schnüffs Seite aus sah man den Silbermännern ins Gesicht. Mit Vater Silbermann war offenbar nicht gut Kirschenessen: Er sah grimmig zu Boden, verkrampfte seine Pranken, gab offenbar dem Peter die letzten Anweisungen.

«Dieser Bauer ist einen Kopf größer als Silbermann», sagte Rosa.

«Ein richtiger Brocken, der Peter ist ein Strich dagegen.»
Die Hopp-Rufe verstummten ziemlich rasch, auch das Klatschen verebbte, und dann schritt ein weißgekleideter Herr mit Schmerbauch und Glatze würdevoll auf den Ring zu.
«Das ist der Ringrichter», sagte Schnüff, «wenn einer einen Haken erwischt und zu Boden geht, zählt der Richter auf neun, und wenn du bei neun nicht weiterboxen kannst, ist Essig.»
«Wo hast du das her?» fragte Rosa.
«Das weiß ich einfach», sagte Schnüff.
Es war fast still geworden im Löwen-Saal.
Da gurgelte es plötzlich im Lautsprecher, als sei eine unterirdische Wasserleitung geplatzt, und eine scheppernde Stimme krächzte:
«Und jetzt der Titelkampf im Mittelgewicht. Es kämpfen Karl Bauer aus Bern und Peter Silbermann aus Ottigen ...» Hier machte der unsichtbare Sprecher eine kleine Pause, die Leute klatschten dankbar.
«Dann geht dieser Kampf über maximal sieben mal zwei Minuten ...»
«Vierzehn Minuten lang verprügeln die sich?» fragte Rosa.
«Nein, dazwischen ist jedesmal eine Minute Pause oder manchmal zwei, wenn der Arzt eingreift», erklärte Schnüff.
Jetzt rief jemand aus dem Publikum: «Hopp Silber-

mann!» Die Leute in den beiden Reihen vor Schnüff ließen sich nicht lumpen und riefen: «Hopp Karl Bauer, hopp Bauer, hopp Bau-er!»
«Überwältigend ist das gerade nicht», sagte Paul.
«Das müßte zugehen wie in einem Hexenkessel», sagte Schnüff.
Der dicke Herr im weißen Hemd kletterte mühsam in den Ring, schritt das Viereck gewichtig aus, schnippte mit den Fingern; es wurde ein wenig heller im Ring.
Dann rief er die beiden Kämpfer mit einer Handbewegung in den Ring. Karl Bauer und Peter Silbermann schlüpften leichtfüßig durch die Seile. Folgsam führten sie dem Ringrichter ihre mit weißen Bandagen umwickelten Fäuste vor. «Damit keiner mogeln und vielleicht ein Hufeisen in den Handschuh einbinden kann», sagte Schnüff.
Die beiden zeigten dem Ringrichter auch ihre Boxhandschuhe, der befühlte sie ein bißchen und nickte. Die Kämpfer gingen in ihre Ecken. Bauer ließ sich die Handschuhe vom Trainer umbinden, Peter wurde von Vater Silbermann behandschuht.
Dann ging's los.
Die beiden umtänzelten einander ein bißchen, ab und zu versuchte der eine zuzuschlagen, der andere wich aus, die Handschuhe klatschten dumpf oder gar nicht auf des Gegners Haut. In der zweiten Runde tänzelten die zwei Kämpfer noch immer umeinander herum, bis der Ringrichter ihnen mit

energischen Gesten Dampf aufsetzte: «Wenn ihr so weitermacht!» schrie er, «disqualifiziere ich euch beide!»
Die Zuschauer begannen zu schreien und zu pfeifen.
Nach dem Gong zur dritten Runde wurde es auf einmal ernst: Karl Bauer landete einen linken Haken, Peter Silbermann boxte zurück. Und urplötzlich, keiner sah in diesem Augenblick genau hin, lag Peter Silbermann regungslos am Boden. Der Ringrichter beugte sich über ihn und begann zu zählen: Eins, zwei, drei...
Da hielt es Vater Silbermann nicht mehr. Er sprang auf und schrie: «Schiebung! Schiebung!»
Der Ringrichter wollte vielleicht ein wenig langsamer zählen, da schwang sich Vater Silbermann mit einem Satz in den Ring, zwängte sich blitzschnell durch die Seile, und ehe sich's jemand versah – der Ringrichter war noch nicht bei neun angekommen – machte es *Paff*, und Karl Bauer aus Bern saß am Boden! Silbermann drehte sich um, packte den Ringrichter am Kragen, hob den schweren Mann gut fünfzig Zentimeter hoch, ließ ihn wie einen Sack auf die Bretter poltern, hob ihn wieder hoch und schrie dazu im Takt:
«Schiebung! Schiebung!»
Von da an verstand niemand mehr ein Wort im Löwen-Saal.
Alles schrie und tobte.
Schnüff nahm vor Aufregung das Gipsbein von

Pauls Knie, drehte sich mühsam zu Rosa und legte ihr das Gipsbein auf die Knie.
«Oder wollen wir abhauen?» fragte er Rosa.
«Nein», rief Rosa. «Jetzt wird's doch erst interessant. Gleich gehen sie mit den Stuhlbeinen aufeinander los wie in einem Wildwest-Film! Hoffentlich klaut uns draußen inzwischen niemand den Fahrradanhänger!»

Der dritte Brief

Am Tag nach dem Boxkampf überbrachte Rosa Schnüff einen Brief. Rosa hatte glänzende Augen und verging fast vor Neugier.
«Eigentlich könntest du mir den Brief vorlesen», spöttelte sie.
«Das gestern war alles ganz prima von euch. Und ich bin auch froh, daß du mich auf dem Heinweg mit dem Fahrradanhänger nicht in den Graben gefahren hast. Aber jetzt kann ich dich nicht gebrauchen», sagte Schnüff. Er nahm den Brief und humpelte damit in die Scheune.

Lieber Bernhard,
ich war gestern auch am Boxkampf. Gott sei Dank hast Du mich nicht gesehen, ich wäre in der Erde versunken. Warum, weiß ich nicht, oder ich kann es nicht sagen. Du hast mir leid getan mit Deinem Gips. Ich fand es prima, wie Rosa und Paul Dich gepflegt haben. Am liebsten wäre ich dabei gewesen. Ich habe auch gesehen, daß Du plötzlich verschwunden bist. Könnte es sein, daß Du (wie ich übrigens) gar nicht hättest hingehen dürfen, von den Eltern aus? Es hat ja noch eine große Prügelei stattgefunden, und plötzlich sind einige Polizisten aufgetaucht. Aber die

wurden gleich mitverprügelt, und die Schlacht ging weiter.
Etwa eine halbe Stunde nachdem Du weg warst, kam dann Gemeindepräsident Kapp, und in zehn Minuten war alles friedlich, und alle halfen aufräumen. Sogar Vater Silbermann hat sich beruhigt. Die beiden Boxer hat der Gemeindepräsident unter die Dusche im neuen Schulhaus geschickt. Mein Vater sagte heute morgen, es sei traurig, die Leute würden einfach nie erwachsen.
Da kann ich nur sagen, daß es mir mit dem Erwachsenwerden nicht so eilt. Das hat nichts mit dem Boxkampf zu tun. Ich bin sowieso nur hingegangen, weil ich dachte, Du könntest auch da sein.
Ich wollte auch gar nicht von gestern abend erzählen. Ich würde mich riesig freuen, wenn ich von Dir auch einmal einen Brief bekäme.

Herzliche Grüße
von Maria B.

Der heilige Schnüff von Ottigen und andere Biester

Eines Tages sagte Onkel Josef: «Schnüff, ich fahre dich schnell zu Doktor Balz, der Gips an deinem Bein kommt weg.»
«So –», sagte Schnüff, «eigentlich wäre ich lieber mit Mutter zum Doktor gefahren.»
«Willst du den Gips los werden oder nicht? Deine Mutter fährt heute auf den Markt.»
Schnüff humpelte also zum letztenmal mit dem Gips am Bein zum Jeep. Und weil es das letztemal war, humpelte er furchtbar mühsam und stöhnte, als er sich halb auf den Rücksitz legte. Als Onkel Josef ein bißchen rasch anfuhr, machte Schnüff deutlich «au!»
«Was heißt da ‹au›?» sagte Josef.
«Ich glaube, heute tut's noch mal saumäßig weh», sagte Schnüff.
«Warum?»
«Ah – ich weiß nicht. Wie nimmt Balz eigentlich den Gips ab?»
«Ich weiß es nicht; das merkst du dann», sagte Josef.
«Der läßt wohl einen Dampfhammer drauf niederschmettern», sagte Schnüff.
«Vielleicht sägt er ihn in tausend kleine Ringe», sagte Josef und lachte.
«Kann das jeder ertragen?» fragte Schnüff.

«Was heißt ertragen? Das macht pfft, und der Gips ist ab.»
«Immer ich komme dran», sagte Schnüff.
«So schlimm ist das nicht. Und wenn du willst, kannst du mir nachher helfen, Bäume zu pflanzen.»
«Mit dem neuen Bein? Das wäre etwas!»
Onkel Josef wußte alles über Bäume. Mit seinen graublauen Augen schien er den Baum abzumessen: Er legte seine Halbglatze in Falten, strich mit der linken Hand über den Rest Haare, über die braungebrannte Kopfhaut, fuhr mit Daumen und Zeigefinger über den gebogenen Nasenrücken, tippte kurz an die Lippen – und dann wußte er, welche und wie viele Äste wo und wie kurz geschnitten werden mußten.
«Da sind wir», sagte Josef.

Doktor Balz sagte: «So, Schnüff, leg dich auf diese Liege, und dann schneiden wir den Gips weg.»
«Schneiden?» sagte Schnüff kleinlaut. «Machen Sie eine Spritze?»
Balz lachte. Er ergriff eine Art Blechschere, setzte sie unter dem Knie an, tat ein paar kräftige Schnitte, drückte die zwei Hälften auseinander, und wie dürre Erbsenschalen warf er sie in den Kehrichtkübel. Dann wusch er Schnüff mit einer fürchterlich kalten Flüssigkeit das Bein und sagte:
«So, steh auf, belaste das Bein, aber vorsichtig.»
Zögernd erhob sich Schnüff. Da tat gar nichts weh!

«Ich glaube, es hält», sagte Schnüff. Ein leichtes Kribbeln ging durch das Bein.
«Es kitzelt ziemlich», sagte Schnüff.
«Dann ist es gut», sagte Balz. «Wenn's nicht mehr weh tut, ist alles in Ordnung. Ich würde dir aber abraten, in Zukunft Lambretta zu fahren.»
Das war ein rechter Stich für Schnüff. Und Josef lachte noch: «Ich glaube, davon hat er genug.»
‹Habt ihr eine Ahnung!› dachte Schnüff.

Onkel Josef hatte in der Baumschule fünfzehn junge Bäume gekauft. Nun standen sie, die Wurzelstöcke in feuchte Säcke eingeschlagen, aufgereiht an der Hausmauer.
Josef sagte: «Die heißen Stark's Earliest, das ist eine ganz neue Sorte. Sie blüht früh, reift früh, ist aber nicht so fade wie Klaräpfel.»
Schnüff freute das. Denn er aß Klaräpfel riesig gern. Ohne weiteres konnte er ein Dutzend am Tag verdrücken, und er hatte noch nie gedacht, daß Klaräpfel fade seien. Also mußten diese neuen Äpfel eigentlich wunderbar schmecken.
Am nächsten Tag beim Mittagessen begann Schnüff so vorsichtig als möglich:
«Äh – ich möchte einen der neuen Bäume haben. Ich würde ihn auf die große Wiese vor dem Haus pflanzen.»
«Weißt du, was die kosten? Dreißig Franken das Stück. Wir haben fünfzehn Bäume für eine neue

Reihe im Baumgarten gekauft. Da passen fünfzehn Bäume hin, und keiner weniger.»

«Aber einmal in meinem Leben will ich einen Baum aufziehen. Einen richtigen Apfelbaum.»

«Auf der Wiese vor dem Haus nimmt er uns das Licht weg, wenn er größer wird. Daran muß man auch denken, wenn man einen Baum pflanzt», sagte der Vater.

«Und woran muß man noch denken?»

«Daß er in gutem Boden steht. Oder daß er wenigstens ein Bett aus guter Erde kriegt. Daß nicht andere Bäume in der Nähe wachsen, die ihm mit langen Wurzeln die Nahrung wegnehmen. Daß er im Norden möglichst durch eine Hecke oder ein Haus vor der kalten Bise geschützt ist. Daß er, wenn er auf einer Weide steht, hochstämmig ist, damit die Kühe keine Äste herunterreißen. Und noch vieles andere», sagte Josef.

«Wie heißen die schon wieder, die Neuen?»

«Stark's, äh – diese englischen Namen kann man nicht aussprechen», sagte Onkel Matis.

«Ich würde sagen, das sind Starkies – oder?» Onkel Matis sah in die Essensrunde. Niemand widersprach.

«Ich möchte einen von diesen Starken», sagte Schnüff, «nur einen. Ich könnte ihn einmal abzahlen. Vielleicht mit Äpfeln. Vielleicht trägt er früher und mehr, wenn ich ihn pflege, als wenn er in einer Reihe steht.»

«Josef hat fünfzehn Starkies für den Baumgarten vorgesehen, und dabei bleibt es. Und im übrigen bist du noch arg jung, um Apfelbäume zu pflanzen», sagte der Vater.
Da fiel Schnüff etwas ein: «Aber ich habe gehört, diese Starken seien nur Halbstämme. Also eignen sie sich nicht für den Baumgarten, wenn man im Herbst die Kühe und Rinder dort weiden läßt.»
«Dann trennt man eben diese Reihe Bäume mit einem Zaun von der Weide ab, ganz einfach.»
«Aber auf der Wiese vor dem Haus müßte man den Baum nicht einzäunen, weil dort nur Kälber weiden.»
Da legte Herr Knopf plötzlich Messer und Gabel gut hörbar auf den Tisch, ließ seine Unterlippe ein wenig hängen, starrte mit seinen blauen, wässrigen Äuglein einen Augenblick lang die Großmutter an, dann den Vater, dann Matis. Dann sah er zum Fenster hinaus und sagte:
«Bernhard ist nicht zu jung. Niemand ist zu jung, um Bäume zu pflanzen. Die Wiese vor dem Haus ist Südseite. Josef hat dort zwei kalifornische Orangenapfelbäume gepflanzt. Die Stämme haben wir im Herbst mit Stroh umwickelt. Keiner ist erfroren. Schon nach drei Jahren haben sie Äpfel getragen. Süß wie Honig und frisch wie Orangen. Warum soll man Bernhard keinen Starkie pflanzen lassen?
Ich fahre jedes Jahr nach Paris. Ihr wundert euch, daß ich das kann. Alle denkt ihr, ich sei nicht ganz

richtig im Kopf. Natürlich habt ihr recht; ich bin nicht so im Kopf wie ihr. Aber nach Paris und nach Kopenhagen und nach Belgrad fahren kann ich. Also kann Bernhard auch einen Baum haben. Ein Baum wächst fast immer von selbst, wenn er gepflanzt ist. Ein Zug fährt fast immer von selbst, wenn man drin sitzt. Oder auch, wenn man nicht drin sitzt, wie ich jetzt. – Wenn der Baum eingeht, bezahle ich ihn.»

Das war die längste Rede, die Herr Knopf je gehalten hatte. Alle waren beinah starr vor Staunen; und es aß keiner mehr.

Tante Daniela sagte: «Das war aber hart, Herr Knopf.»

«Warum? Weil ich immer die Wahrheit sage?» Herr Knopf nahm Messer und Gabel wieder auf und aß weiter.

Am nächsten Tag pflanzte Schnüff den Baum.

Er hob ein rundes Loch aus: etwa anderthalb Meter im Durchmesser und einen halben Meter tief. Schon nach vierzig Zentimetern Tiefe stieß er auf Lehm, er hob also noch mehr aus und holte vom trockenen Komposthaufen lockere Erde. Mit der einen Hand hielt er das Bäumchen fest, mit der andern Hand harkte er mit der Hacke Erde über die Wurzeln. Er achtete darauf, daß die Erde krümelig war und gut zwischen die Wurzeln verteilt wurde, damit die feinen Erdästchen möglichst schnell Halt und Was-

ser finden konnten. Von Lage zu Lage trat er die Erde sorgfältig fest und rüttelte sachte am Stämmchen, damit es keine Hohlräume in der festgestampften Erde gab.
Daß das Bäumchen einen zusätzlichen Halt brauchte, fiel Schnüff erst zuletzt ein. Er holte also einen etwa einen Meter langen Stab, der dreimal so dick war wie das knapp kinderarmdicke Stämmchen, spitzte ihn zu und schlug ihn mit dem Vorschlaghammer, den er nur mit Mühe heben konnte, in den Boden.
Das ganze hielt, aber Schnüff überlegte gerade, was er wohl falsch gemacht hatte, als Hans Kapp am Gartenzaun auftauchte, wie immer im geeignetsten Moment.
«Aha, Herr Schnüff pflanzt Bäume», sagte Hans. Es klang reichlich gelangweilt. Schnüff ließ einen Hammerschlag aus, schlug dann weiter. In diesem Augenblick fiel ihm ein, daß der Stab viel zu kurz war. Das Bäumchen brauchte ja Halt gegen den Wind, und dann sollte es möglichst gerade wachsen.
Da sagte Hans: «Was schlägst denn du für ein Steckchen ein! Der erste Schnee, und schon knickt dein Baum ab!»
Schnüff ließ den Hammer fallen: «Zieh ab. Das ist mir soeben auch eingefallen.»
«Aha», sagte Hans. Mehr fiel ihm nicht ein, und er verzog sich.
Schnüff suchte also einen Stab, der fast zwei Meter

lang war. Aber wie sollte er ihn einschlagen. Eine Leiter war Schnüff mit dem schweren Hammer zu wackelig. Also holte er den Käsereiwagen, stellte zwei Obstkisten darauf, legte zuoberst den Hammer hin, und dann kletterte er vorsichtig auf den auch nicht besonders stabilen Turm.
Das Einschlagen war eine Frage der Balance. Aber schließlich steckte der Stab tief genug in der Erde, und Schnüff konnte das Stämmchen mit einer Hanfschnur am Stab festbinden. Nun noch drei Gießkannen voll Wasser. Zuletzt kamen die Rasenstücke, die Schnüff schön viereckig mit dem Spaten ausgestochen hatte, ebenso schön wieder oben drauf, damit die Erde nicht austrocknete.

Schnüff besuchte nun fast täglich seinen Baum. Er sah, wie sich das Bäumchen für den Winter fast in sich zusammenzog, wie sich der erste Schnee auf die gestutzten Äste legte, wie der Westwind diesen Schnee wieder wegblies, wie der Föhn den Schnee auf den Zweigen schmelzen ließ, auf welcher Seite das Schmelzwasser abtropfte, wie das Schmelzwasser gefror.
Schnüff redete mit dem Bäumchen, und oft hatte er das gute Gefühl, daß das Bäumchen ihm antwortete. Schnüff nannte das Bäumchen ‹Der Starke›.

Der Starke war im Frühjahr der erste Baum, dessen Knospen sich prall füllten, kurz darauf platzten, und

dann drängten graugrüne, feinborstige Blättchen aus den braunen Knospenhüllen.
«Das ist schlecht, so früh», sagte der Vater. «Beim nächsten Frost erfrieren sie.»
«Was kann ich dagegen tun?» fragte Schnüff.
«Du solltest ihn an den Abenden, an denen die Temperatur unter null Grad sinkt, mit Wasser fein besprühen, dann bildet sich ein dünner Eispanzer um die Blätter. Wenn es nicht zu kalt wird, schützt dieses Eis die Blätter, und am Morgen schmilzt es sofort wieder.»
«Ich könnte das Bäumchen auch in Wolle einpakken», fand Schnüff.
«Da kannst du auch gleich einen Mantel für den Baum stricken oder einen großen Ofen aufstellen. Sie werden dann nur ein wenig teuer, deine Äpfel.»
Die Sache mit dem Einpacken leuchtete Schnüff ein. Wolle fand er keine, dafür Stroh.
Sorgfältig bündelte er das Stroh in handbreite Stränge, die er dann mit Bindfaden um die Äste mit den neugierigen Blättchen band.
Dabei entdeckte er zwei Blütenknospen an einem Zweig, der nicht einmal so dick wie ein Bleistift war. Nebeneinander drangen zwei rot angehauchte Köpfchen aus den Knospen – sie wuchsen noch schneller als die Blätter.
Schnüff freute sich mächtig. Rosa, Fred und ausnahmsweise Hans Kapp mußten das Ereignis umgehend besichtigen.

Rosa sagte: «Eigentlich müßten sich die Bienen schon bereit machen, um die Blüten zu befruchten. Aber wahrscheinlich ist es noch zu kalt.»
«Befruchten?» fragte Hans.
«Ach, das ist doch die Geschichte, die uns die Grimm so oft erzählt hat. Die Bienen müssen den Staub von männlichen und weiblichen Blüten hin und her tragen, oder so. Oder wenn sich ein Mann und eine Frau zusammen ins Bett legen und sich furchtbar gern haben und ein Kind wollen, dann klappt das meistens, das ist wahrscheinlich so ähnlich.»
Und Schnüff fügte hinzu: «Das ist doch die Sache mit dem Glied und mit der Scheide, das meinst du doch, oder nicht?»
Hans Kapp sagte: «Aha, ja, das wird es wohl sein, oder so.»
Rosa sagte zu Schnüff: «Da müßtest du Maria fragen. Die ist die bessere Schülerin.»
Wie vom Blitz getroffen fühlte sich Schnüff, das Blut schien anzuhalten, sich zu stauen, er bekam einen roten Kopf, und schlucken konnte er auch fast nicht. Er sah weg von den beiden, sah direkt in die Sonne. «Hör auf, du blöde Kuh!» Tränen schossen ihm in die Augen. Im Hals bildete sich etwas wie ein Kloß, und durch diesen Kloß schrie er:
«Ich wollte euch bloß die Blüten zeigen! Haut ab! Macht, daß ihr fortkommt!» Die zwei gingen verständnislos ein paar Schritte rückwärts, und Rosa

sagte: «Was ist denn in dich gefahren! Du Miststück, ich trage nie mehr Briefe hin und her, was denkst du dir eigentlich, und diese Maria soll mir...» Nun hatte auch Rosa einen roten Kopf, und sie begann zu schluchzen. «Und überhaupt alle ihr blöden Scheißer, ihr...» Dann rannte sie weg.
«Du bist ein ganz blöder Spinner, du», sagte Hans. «Da sagt Rosa etwas von Maria, und schon drehst du durch!»
Und dann stand Schnüff allein vor seinem Bäumchen mit den Blüten, und am liebsten hätte er ein Beil geholt und das Bäumchen umgehauen und kleingehackt.
Er wußte überhaupt nicht, was geschehen war. Er hatte Rosa eine ‹blöde Kuh› genannt. Das hatte er nie und nimmer gewollt, höchstens hätte er einmal ‹dummer Haufen› gesagt, aber das wäre im Spaß gewesen. Und auch Rosa hatte ihn bestimmt nicht ‹Miststück› nennen wollen oder ‹blöder Scheißer›. Sie sagte vielleicht ‹ihr trostlosen Nieten› oder ‹ihr Hosenscheißer›, aber das auch meist nur zum Spaß. Und alles bloß wegen dem Geschlechtszeug mit Blütenstaub und Kindermachen und so. Zu Hause redete nie jemand darüber, und wenn in der Schule die Lehrerin davon sprach, hatten alle den Eindruck, sie kriege rote Ohren. Schnüff hatte keine Ahnung, warum er auf den Namen Maria so reagiert hatte.

Zwei Wochen später blühten die zwei Blüten des Starken immer noch. Rosa und Schnüff hatten sich längst wieder versöhnt, und Hans und Schnüff so einigermaßen.
Schnüff ließ die kleine Leiter neben dem Starken gleich stehen. Jeden Tag stellte er sich auf die dritte Leitersprosse und schaute lange in die offenen Blüten. War das ein Hauch von Farben: rosablau, ein staubiges Weiß, bis hin zu einer Ahnung von Gelb, und an den Pollen zitterte gelber Staub.
Schnüff fragte Onkel Josef: «Müßte man den Starken jetzt nicht spritzen?»
«Das Bäumchen ist zu jung, und die Blüten werden ohnehin abfallen. Äpfel gibt das niemals. Und überhaupt spritzen wir die großen Bäume nur, weil die Leute keine Äpfel mit Schorf kaufen und weil sie auch im Vorsommer Äpfel wollen und nicht warten können, bis die neuen reif sind.»
«Aber wenn die andern Bäume krank werden, wenn man sie nicht spritzt, wird doch meiner auch krank.»
«Die Bäume werden nicht krank, wenn man sie nicht spritzt. Es geht nur um das, was ich dir gesagt habe. Wenn Bäume krank werden, muß man ihnen auf andere Weise helfen.»
«Wie?»
«Das kommt darauf an, was sie krank macht. In den meisten Fällen weiß ich schon, wie zu helfen ist. Ich habe es schließlich gelernt.»

Onkel Josef mochte ein guter Baumkenner sein, aber einmal hatte er sich geirrt: Die zwei Blüten des Starken fielen nicht ab. Im Gegenteil: aus den Blüten entwickelten sich zwei grüne Äpfelchen mit einem Schimmer Dunkelrot und einem kaum sichtbaren Pelzchen.

Schnüff besuchte den Starken auch weiterhin jeden Tag, stieg auf die dritte Leitersprosse, schaute die Äpfelchen an und sprach mit ihnen.

Eines Tages fragte Hans über den Zaun: «Was hast du eigentlich immer mit deinem Strauch? Redest du etwa mit dem Ding? Wie der Franz von Assisi oder so?»

In der Schule hatten sie gerade die Geschichte vom heiligen Franz von Assisi gehört. Es hatte alle ein wenig komisch berührt, wie dieser Mann mit den Blumen und Vögeln sprach. Allerdings stellte sich dann heraus, daß Arno Held ‹stundenlang›, wie er sagte, mit seinem Kanarienvogel sprach. Und die Wittwer-Brüder sprachen mit ihren Schafen, Eva mit ihrem Hund, und auf einmal schien den Kindern gar nicht mehr so verrückt, was Schuhmachermeister Müller von seinen Hühnern sagte. Nämlich, daß die singen könnten, und daß auch die Katze fast sprechen, zumindest aber lesen könne.

«Der Franz von Assisi war ein heiliger Mann», sagte Schnüff. «Ich habe bei mir bis jetzt nichts Ähnliches entdeckt und spreche doch mit dem Apfelbaum.»

«Über was redet ihr denn so?» fragte Hans.

Da fiel Schnüff zum erstenmal auf, daß er niemandem hätte sagen können, was sie zusammen redeten. «Einfach so Zeug, vielleicht so wie wir etwa», sagte er.
«Und die Vögel und Katzen und Schweine, willst du vielleicht mit denen jetzt auch reden», fragte Hans.
«Warum nicht!» sagte Schnüff. Und dann merkte er erst, daß Hans ihn spöttisch ansah, und er sagte: «Vielleicht sind diese Biester gescheiter als du. Aber zuerst muß man eben mit ihnen sprechen.»
Er hob die Schultern und ließ Hans stehen.

Hans mochte eine solche Behandlung nicht. Ein paar Tage später hatte Schnüff einen Übernamen, und es schien, als verdienten sich alle Knilche und Mädchen von zwei bis vierzehn Jahren eine goldene Nase daran, wenn sie Schnüff den «heiligen Schnüff von Ottigen» nannten. Hans hatte so gut vorgearbeitet, daß es nur noch Andeutungen brauchte, und schon wußte jeder, daß damit Schnüff und sein Tick gemeint waren. Zum Beispiel: ‹Der Heilige, der trockene Brotkrumen ißt, damit die Vögel seine Bratwurst picken können›. Oder: ‹Der, der mit den Würmern redet und nicht merkt, wie sie seine Äpfel fressen›. Oder: ‹Der Heilige, der seine Aufsätze von Kälbern schreiben läßt›, oder: ‹Die Vögel in Schnüffs Baumgarten tragen alle einen Heiligenschein. Am Abend legen sie ihn ab, damit er ihnen nicht den Kopf verbrennt›.

Irgendwie brauchte nur das Wort ‹heilig› aufzutauchen – schon lachten alle.

Die beiden Äpfel fielen nicht ab.
«Sie wachsen wie verrückt», sagte Schnüff zu Onkel Josef. «Du meinst nicht, daß die Äpfel irgendwie hohl werden?»
«Hohl? Das nicht. Aber sie werden den Ast abbrechen, an dem sie hängen, weil sie zu schwer werden. Da braucht es nur noch etwas Regen und starken Wind.»
Nun ging es Schnüff um alles: Wenn er schon die Sache mit dem Heiligen einigermaßen überstanden hatte, und die Äpfel innen nicht hohl waren oder faul, sollten ihnen auch weder Wind noch Regen etwas anhaben können.
Wie bei einem Beinbruch schiente er das Ästchen, an dem die Äpfel hingen, sorgfältig und band die Schiene am Hauptstamm fest. Dann prüfte er mit einem Daumendruck, ob die Äpfel jetzt noch schwerer werden durften. Alles hielt.

Die Äpfel wuchsen und färbten sich wundervoll. Am Stiel waren sie gelblichweiß, dann nahm die Schale ein feines Rot an, und um die Fliege legte sich ein fast bläuliches, kräftiges Rot.
Manchmal stieg Schnüff auf die dritte Leitersprosse und roch an den Äpfeln. Sie rochen wie wirkliche Äpfel, nur natürlich besser.

Schnüff konnte es fast nicht erwarten, bis sie endlich reif waren. Aber er fürchtete sich auch vor diesem Tag. Er konnte sich nicht vorstellen, die Äpfel einfach abzupflücken und zu essen.
Aber die Äpfel waren noch lange nicht gegessen.
Eines Morgens, als Schnüff sich auf den Schulweg machte, sah er den Hahn auf der Leiter beim Bäumchen stehen. Es war zwar bekannt, daß der Hahn übergeschnappt war. Aber was Schnüff sah, war nun doch stark.
Der Hahn stand oben auf der kleinen Leiter und versuchte, die Äpfel anzufliegen und sie abzuhakken. Er verfehlte die Äpfel und stürzte nach dem unbeholfenen Flugversuch auf den Bauch. Er rappelte sich wütend auf, marschierte einmal kräftig um die Leiter herum, hüpfte wieder die Sprossen hinauf, schlug wuchtig mit den Flügeln, stieß einen drohenden Krächzer aus und warf sich wieder auf die Äpfel, verfehlte sie, landete auf dem Bauch – bis Schnüff endlich einfiel, daß er den Hahn vielleicht vertreiben und die Leiter wegstellen könnte.

«Sind die Äpfel jetzt endlich reif?» fragte Schnüff am Abend Onkel Josef.
«In ein paar Tagen. Hab ein wenig Geduld.»
Drei Tage nach der Geschichte mit dem Hahn half Schnüff abends beim Kühetränken. Onkel Matis legte wie immer die beiden langen Stangen zwischen Stall und Brunnen aus, die Kühe konnten dann frei

zum Brunnen gehen und trinken, dann sollte sie Schnüff wieder in den Stall treiben. An diesem Abend gab es unter den Kühen ein Gerangel, eine der bedrängten Kühe wollte ausweichen, zerbrach eine Stange – und schon gingen die Kühe durch, schlugen mit den Hinterbeinen aus, liefen auf die Straße, in die Wiese; zwei machten sich über Nachbars Garten her, stapften im Gemüse herum, zertraten Karotten und Gurken und hinterließen tiefe Löcher in der weichen Gartenerde.

Schnüff rannte auf die Straße und holte einige Ausreißer zurück. Onkel Matis nahm sich die beiden Gartenschänder vor, und dann sah Schnüff, wie eine Kuh vor seinem Baum stand und gerade einen Ast herunterriß! Schreiend rannte er auf die Kuh zu, den Stock in der Faust. Die Kuh lief weg, mit dem Zweig im Maul, machte einen großen Bogen quer über die Wiese und kehrte von selbst in den Stall zurück.

Es dauerte lange, bis Schnüffs ohnmächtige Wut ein wenig verraucht war.

Zwei Äste des Bäumchens waren abgerissen, darunter der mit den Äpfeln, ein dritter Ast war nur noch ein jämmerlicher Stumpf.

Aber die Äpfel lagen unversehrt am Boden.

Langsam bückte sich Schnüff, hob die Äpfel auf, besah sie sich lange und steckte sie dann in die Hosentaschen. Er wußte nicht, ob er heulen oder schreien oder das Bäumchen ganz umhauen sollte.

Plötzlich rannte er los.
Rosa lachte erstaunt, als Schnüff beinah über den Gartenzaun stolperte.
«Hier!» sagte er und zog die Äpfel aus den Taschen, «hier – einer ist für Maria und einer für dich. Für Leni reicht es leider nicht!»
Ohne Rosa anzuschauen, drückte er ihr die Äpfel in die Hände, drehte sich um und rannte davon.

Der vierte Brief

Lieber Bernhard,
warum schreibst Du mir nie? Ich weiß, daß Du nicht gerne Briefe schreibst. Rosa hat es mir gesagt, sie hat auch gesagt, Du hättest gesagt, Du könntest gar keine Briefe schreiben. Das glaube ich Dir nicht. Ich bin ja auch nicht die Beste im Aufsatz, und ich schreibe Dir trotzdem. Wenn Fehler drin sind, ist mir das egal, ohne Fehler können wir versuchen, in der Schule zu schreiben, und zwar lange genug.
Ich bin es nämlich ein bißchen leid, Dir Briefe zu schreiben, und Du läßt einfach nichts von Dir hören. Nein, nicht eigentlich leid, aber es würde mir irgendwie weh tun, wenn ich keine mehr schreiben könnte, oder wenn Du sie nicht lesen würdest.
Ich möchte Dir wieder ganz viel erzählen, aber das dauert so lange – zuerst nachdenken und dann noch aufschreiben, das stinkt mir ein wenig. Meine Mutter sagt, ich hätte keine Geduld, genau wie mein Vater, aber ich finde, Mutter hat keine Geduld, besonders wenn Vater abends müde von der Arbeit kommt und es zuerst ein wenig ruhig haben will.
Meine Schwester Leni ist wieder krank. Der Arzt sagt, sie habe die Lungenentzündung schlecht überstanden. Sie ist bleich, ißt nichts, sie lacht nicht mehr,

und manchmal schweigt sie den ganzen Tag lang. Das ist das Schlimmste. Sie schaut uns an und sagt nichts. Wenn jemand fragt, wie geht's Dir, so zuckt sie ein wenig die Schultern, sieht Dich an und sagt nichts.

Mutter meint, das könne sie nicht länger ertragen.

Vater sagte vorgestern: «Wenn wir armen Arbeiterschweine uns endlich gute Ärzte leisten könnten, wäre alles leichter.»

Darauf machte Mutter dem Vater Vorwürfe, daß er nichts Besseres geworden ist als Arbeiter, und dazu noch in der Ziegelei, wo doch sowieso bald alle ihre Dächer mit Plastikziegeln decken lassen.

Da hat es bei Vater ausgehängt, er hat seinen Teller ins Spülbecken geschmissen, hat die Türe zugeknallt, daß die ganze Wand gezittert hat, und dann war er weg.

«Jetzt geht er wieder saufen», hat Mutter gesagt. Wir drei Mädchen haben geschwiegen. Wir wissen, daß Vater nicht säuft. Und Mutter weiß es auch. Es macht mich unheimlich traurig, daß sie das immer sagt, und dabei weiß sie, es stimmt gar nicht.

Vater nimmt sein Fahrrad und fährt stundenlang in der Gegend herum, manchmal halbe Nächte. Einmal hat er gesagt: «Das Geld würde gar nicht reichen, würde ich auch nur einen halben Liter Wein in der Woche trinken.»

Ich weiß auch keinen Ausweg.

Wenn wir doch wenigstens den gleichen Schulweg

hätten. Da bräuchte ich Dir nicht zu schreiben, und Du könntest mir einfach antworten.
Oder macht es Dir etwas aus, daß ich zwei Monate älter bin als Du?
Übrigens schreibe ich ab und zu auch an Arno und Rosa. Von Karin aus Hamburg habe ich lange nichts mehr gehört. Und Du? Im letzten Brief hat sie ein wenig geschimpft, weil Du ihr nie schreibst.
Ab nächsten Monat muß ich für Frau Heymann Milch aus der Molkerei holen, sie kann nicht mehr gehen. Ich muß dann allerdings auch unsere Milch schleppen. Wir dürfen die Milch nicht mehr direkt beim Bauern kaufen. Der Milchverband will das nicht haben, sagt Vater.

Herzliche Grüße,
Maria B.

Schnüff hatte sich mit dem Brief in die Scheune verzogen.
Er las ihn dreimal durch. Er fand das mit Leni und den Ärzten eine Schweinerei. Allerdings hatte derselbe Arzt auch Schnüff bei seiner Lungenentzündung gepflegt, und er war wieder gesund geworden. Aber damals hatte Herr Knopf gesagt, Schnüff müsse gesund werden *wollen*. Er hatte dann nachgeholfen, so gut es ging, und war gesund geworden.
Vielleicht lag es bei Leni nicht nur am Arzt.
Vielleicht sollte er mit Rosa einmal hingehen zu Leni und Christa und Maria.

Ob er darüber mit der Mutter oder dem Vater oder der Großmutter reden sollte? Oder vielleicht mit Herrn Knopf? Er war sicher: Alle würden sagen, natürlich solle er Leni besuchen, und so weiter.
Aber so einfach war das nicht.
Was sollte er zu Leni sagen? Etwa: «Du *mußt* einfach gesund werden, sonst bleibst du für immer krank.» Das war doch Quatsch. Und mußte er Leni ein Geschenk mitbringen? Sollte er Maria fragen, woran Leni Freude haben könnte? Und wenn Leni schwieg? Ihn einfach ansah, oder ihn auch nicht ansah, und schwieg?
Herrgott, war das kompliziert!
Leni sehen, die nichts und niemanden sehen mochte, und Maria nicht sehen, die er sehen wollte, jedoch nicht bei einem Krankenbesuch. Und was war, wenn er wieder im Hals so einen Kloß kriegte, an dem kein Wort vorbeikam, was er sich vorher ausgedacht hatte...
Schnüff seufzte und las den Brief noch einmal. Dann steckte er ihn in die Hosentasche und hatte zu gar nichts Lust.
Aber etwas ließ ihn nicht in Ruhe.
Und wenn er doch mit jemanden darüber sprach? Schnüff ging alle die möglichen Schulkollegen durch: Ernst Kapp, nein, Hans Kapp, zu allerletzt. Rosa, ja, nein, vielleicht. Die Brüder Wittwer würden arg erstaunt gucken, wenn Schnüff ihnen mit so etwas käme. Fred Böhni – das war eine schwierige

Sache: Schnüff hatte das Gefühl, Fred möge Maria mindestens so gut wie Schnüff. Allerdings war er sicher, daß Fred sich eher vierteilen ließe, als Maria einen Brief zu schreiben... Arno Held, *das war's!* Zugenäht und zugeschnappt! Der Satz: «Ab und zu schreibe ich auch einen Brief an Arno...» Das war ja toll! Arno, der und Briefe von Maria! Daß Schnüff dies nicht sofort gemerkt hatte! Verbrannt, nun wurde die Geschichte wirklich schwierig.

Schnüff holte Papier und Kugelschreiber. Damit zog er sich in die Scheune zurück. Auf einem vorstehenden Balken verfaßte er einen Brief, und zwar innerhalb von fünf Minuten.
Dann ging er in die Küche, klebte das zusammengefaltete Papier zusammen, steckte es zu Marias Brief in die Tasche und lief über die Straße zu Rosa.
Rosa verzog keine Miene, als sie den Brief in ihre Schulmappe steckte.

Ein Brief von Schnüff

Liebe Maria,
ich danke Dir für Deinen langen Brief. Es stimmt, daß ich keine guten Briefe schreiben kann. Wenn ich an Neujahr meinen Paten danke sagen soll für die Geschenke – da solltest Du sehen, was das für ein Theater gibt. Mutter sagt immer, wenn ich einen Brief schreiben soll, sei das ja noch schrecklicher als wenn sie mich dazu bringen will, einen Teller voll Holunderbrei zu essen (leider bringt sie mich am Schluß jedesmal dazu, daß ich das Zeug irgendwie schlucke!). Und bei Karin ist es mit dem Briefeschreiben nicht weniger schlimm. Dabei könnte ich der wenigstens erzählen, welches Gemüse wir jetzt in der Gärtnerei anpflanzen, daß das Pferd noch gesund ist, wie viele Mäuse ich fangen mußte, daß ich natürlich jetzt ohne Klötzchen auf den Kupplungs- und Bremspedalen und ohne Kissen unter dem Hintern Jeep fahre, und noch einiges, aber das weißt du ja alles. Ich bin eben nicht geduldig genug, um etwas zu denken im Kopf und es dann durch die Hand fließen zu lassen.
Aber nun zu Deinem Brief. Es tut mir leid für Dich und Christa und Leni. Doktor Balz hat mich ja auskuriert, und vielleicht schafft er es bei Leni auch.

Ich freue mich, daß Du in die Molkerei mußt. Dann haben wir Zeit, über die Dinge zu reden. Siehst Du, alle haben etwas. Ich habe mein Bauchweh, darum muß ich immer Wermut-Tee trinken, der ist zwar zum Speien, aber er nimmt die Schmerzen. Soll ich mit Rosa und Fred einmal Leni besuchen? Meinst Du, das nützt etwas?

Freundliche Grüße
von Bernhard

An diesem Abend lehnte Schnüff ziemlich wichtig am Milchkarren und sprach mit Fred über Kaninchen, als plötzlich Maria vor ihnen stand.
«Tschau, ihr beiden», sagte sie.
«Tschau Maria», sagte Fred.
Schnüff fühlte, wie er den Atem anhielt und rasend schnell einen heißen Kopf kriegte. Er sah Fred an, Fred sah Maria an, und Maria sah Fred an.
«Was willst denn du?» fragte Fred.
«Ihr wollt mit Rosa Leni besuchen?» sagte Maria.
«Das ist das Neueste», sagte Fred erstaunt, und dann zu Schnüff: «Oder wollen wir wirklich mal hingehen? Ich hab mir das noch nie überlegt.»
Maria sah Fred an. Sie sagte zu Schnüff: «Hast du es auch Rosa noch nicht gesagt?»
«Nein», sagte Schnüff. «Aber wir machen den Besuch, verlaß dich drauf.»
«Und sonst?» fragte Maria. Sie schaute Fred an. Der guckte wie ein erstauntes Hähnchen und sagte:

«Was ‹und sonst›? Wir reden über Kaninchen. Wenn dir das nicht paßt, kann ich nichts dafür.»
Schnüff wollte sagen, daß Fred überhaupt noch von nichts wisse, daß Maria nicht immer nur Fred und seine Haarwellen, die er jeden Sonntag dick mit Pomade einschmierte, angucken sollte, und daß ...
«Dann redet ihr eben weiter über Kaninchen», sagte Maria. Sie tat so, als ob sie ihren Blick von Freds dunkelblonder Haarpracht fast losreißen müßte. Dann ging sie. Verstohlen sah ihr Schnüff nach.
‹Sie ist vielleicht doch ein bißchen mager. Und die rötlichbraunen Haare – wenn sie die lang und offen tragen würde?› dachte er.
«Was hast du?» fragte Fred.
«Nichts», sagte Schnüff, «ich muß nach Hause.»

Sturmläuten und Schafböcke

«Es wäre wieder einmal an der Zeit, daß man dich in der Kirche sähe», sagte die Mutter zu Schnüff.
«Wozu?»
«Es täte dir gut. Nächstes Jahr mußt du ohnehin in die Kinderlehre. Du gehst heute mit Ernst Kapp. Und nach der Predigt bleibst du noch für die Kinderlehre.»
«Von der Sonntagsschule habe ich die Nase voll. Von den Evangelisationen auch.» Schnüff strich über sein sehr kurz geschnittenes Haar: «Und außerdem bin ich halbnackt!»
«Was soll das?»
«Wenn ihr mich noch einmal so schert, daß ich aussehe wie eine gebrühte Sau, reiße ich aus!» sagte Schnüff entschlossen.
«Das tönt aber ganz groß. Dein freches Maul wird dir noch Ärger machen! – Und nun marsch!»
Das hatte man nun davon. Schnüff hatte schlecht geschlafen, und schlecht aufgestanden war er auch – vor allem zu früh. Das war ein Fehler gewesen. Am Sonntag blieb man am besten lange im Bett und stand erst auf, wenn die Kirchenglocken läuteten. Dann reichte es nämlich nicht mehr für die Kirche, und die Sonntagsschule hatte auch schon angefangen.

Aber nun das: Sich waschen, frische Unterwäsche anziehen, ein frisches, gebügeltes Hemd, saubere Halbschuhe, Kniestrümpfe, und wenn Schnüff einen rabenschwarzen Sonntag erwischte, kamen sogar die halblangen Hosen dran – Knickerbocker genannt. Über das Hemd mußte zu allem Überfluß ein ärmelloser Pulli gezogen werden, und dann die neue Jacke. Alle wußten doch, daß Schnüff keine neuen Kleider mochte.

Nur das Kämmen konnte er sich sparen, weil Schnüffs Borsten bloß zwei Millimeter lang waren: Großmutter hatte mit der Handtondeuse am Freitag abend ratzekahl alles abgeschoren, was an Schnüff prächtig war – fand er.

«Nein, Schnüff...!» sagte die Mutter. Sie brauchte eigentlich gar nicht hinzuschauen. «Es ist noch zu kalt für die kurzen Hosen. Du ziehst die Knickerbocker an.»

Es war zum Zerplatzen und Bäumeausreißen! Als wenn es nichts anderes auf der Welt zu tun gäbe, als die blödesten aller Hosen anzuziehen und damit zur Kirche zu gehen. Da kam auch Vater in die Küche. Jetzt, dachte Schnüff, oder nie.

«Diese Dreckhosen ziehe ich nie mehr an!» schrie er. Aber kaum hatte er den schönen Satz beendet, wurde es ihm schwindlig, und es riß ihn fast von den Füßen. Einen Augenblick dröhnte es im Kopf, dann spürte er etwas Warmes den Nasenwänden entlangrinnen.

Er hatte eine von Vaters seltenen Ohrfeigen abgekriegt.
Er sah den Vater stumm an, dann ging er zum Waschbecken, hielt den Kopf über das Becken und ließ das Blut tropfen. Die Tropfen schlugen auf den nassen Beckenboden, zerflossen, verästelten sich, und schon platzte der übernächste Tropfen, zerfloß – ‹und weiter so, bis sein ganzes Blut den Abfluß heruntergeschwemmt sein würde›, dachte Schnüff. ‹Nur jetzt nicht weinen. Nie und nimmer, sonst trägst du ewig Knickerbocker.›
«Entschuldigung», sagte der Vater, «die Hand ist mir ausgerutscht. So voll treffen wollte ich dich nicht. Aber dein ewiges Gequengel wegen diesen Hosen macht mich wahnsinnig!»
Er trat zu Schnüff und wollte ihm die Stirn halten. Schnüff wandte sich ab, bis der Vater die Schultern hob und nochmals, ein bißchen deutlicher, sagte: «Entschuldigung, Schnüff! Aber es ist aus mit dem Theater. Die Nase blutet nicht lange. Dann ziehst du die Knickerbocker an und gehst mit Ernst Kapp. Basta!»

Es war ein ziemlich trauriger Kirchgang für Ernst und Schnüff. Das heißt, sie fuhren mit ihren Rädern. Sie durchquerten die Ebene von Ottigen, dann mußten sie die Räder zwei Hügel hinaufschieben, dann ging es an dem abgelegenen Hof von Eugen Huber vorbei, durch den Holzwald, dann führte der

Weg ziemlich steil den Berg hinunter, dann einem namenlosen Bach entlang, und schon kam die Kirche in Sicht, und einige Kirchgänger auch. Dann sollte man das Fahrrad schön ordentlich zu den andern Fahrrädern stellen. Von da an war lautes Reden nicht mehr üblich. Man hatte sich brav den andern Kirchgängern anzuschließen, in die Kirche zu treten, das Gesangbuch entgegenzunehmen und sich möglichst weit vorne, auf der rechten Seite bei den Männern, hinzusetzen.

Aber an diesem Sonntag lief alles anders. Ernst sagte: «Ich habe auch so eine miese Laune, ich weiß gar nicht warum.»

«So –» sagte Schnüff.

Sie radelten nicht sehr schnell an einer Herde Schafe vorbei, die auf einer eingezäunten Weide herumstand und den Kirchfahrern nachsah.

«Die Schafböcke von Huber», sagte Ernst, und sein Gesicht schien sich etwas aufzuhellen.

«Schafböcke? Die haben ja gar keine Hörner», sagte Schnüff.

«Das sind eben Schafböcke ohne Hörner, oder die Leute haben ihnen die Hörner abgesägt, als sie noch klein waren», sagte Ernst ungeduldig.

Schnüff sagte: «Wir könnten sie vielleicht ein bißchen reizen, dann sehen wir, ob es richtige Schafböcke sind oder nur Waschlappen.»

Ernst gab keine Antwort.

Also fuhren sie wortlos durch den Wald.

Ernst sagte plötzlich:
«Ich steige heute in den Glockenturm hinauf.»
«Während der Predigt?»
«Also: der Sigrist läutet die Predigt ein, dann geht er in die Kirche, weil es dort wärmer ist. Er setzt sich auf die hinterste Bank und schläft ein. Wenn der Organist spielt und die Leute singen, wacht er auf und wartet ab, bis der Pfarrer mit dem Schlußgebet anfängt. Dann sperrt er die Türen auf, geht in den Turm und läutet die Predigt aus. Das habe ich alles ganz genau beobachtet.»
«Du meinst, wenn der Sigrist schläft...»
«Genau. Aber ich muß ja in die Kinderlehre, und wenn ich am Anfang der Predigt nicht dort bin, merkt es der Pfarrer und verdonnert mich mal wieder, eine Entschuldigung anzuschleppen.»
Schnüff überlegte: «*Ich* könnte draußen auf dich warten. Du gehst hinein, und wenn du das Gefühl hast, daß dich der Pfarrer gesehen hat, wird dir schlecht.»
«Das klappt», sagte Ernst.

Der Sigrist drückte allen, die die Kirche betraten, ein Gesangbuch in die Hand und brummte, manchmal ärgerlich, manchmal wie abwesend: «Tag! Bitte das Gesangbuch!» Dies sagte er an jedem Sonntag vielleicht hundert oder hundertfünfzigmal. Er sah dabei niemandem ins Gesicht, aber der Pfarrer konnte sich drauf verlassen, daß der Sigrist alle zählte und nach

Jahren ohne Zögern sagen konnte, wer an welchem Sonntag in der Predigt gewesen war, wer mit wem, oder wer nicht.

Nach Ernst erhielt auch Schnüff ein Gesangbuch in die Hand gedrückt. Er stieg die Treppe zur Empore hinauf. Er hoffte, daß es dort so voll war, daß er sich auf die Treppe setzen und jederzeit abschleichen könnte. Statt dessen war es fast leer.

Schnüff setzte sich also auf den Rand des Stuhls, der der Treppe am nächsten stand. So konnte er hören, wenn der Sigrist vom Läuten zurückkam, und Ernst konnte er auch sehen.

Der Organist spielte das Eingangsstück sehr schön.

Der Pfarrer stieg bedachtsam die kurze Wendeltreppe zur Kanzel hoch, öffnete das Türchen zur Kanzel, legte die Bibel vor sich auf den Bibelhalter, schlug die Bibel auf. Dann sah er ziemlich lange über die Leute hin.

In dem Moment mußte Ernst gedacht haben, der Pfarrer habe ihn gesehen. Er preßte beide Hände vor den Mund, drängte sich aus der Bankreihe heraus. Schnüff erhob sich – ‹wie um Ernst zu helfen›, dachte er.

Draußen trafen sie sich und rannten gebückt zum Turmeingang.

Drinnen schob Ernst den Riegel vor.

Der Sigrist war auch Totengräber. Er hatte im Turmraum seine Werkzeuge abgestellt: Schaufeln mit kurzen Stielen und Schaufeln mit langen Stielen,

Pickel, Stemmeisen, Grabeisen, Tragbahren für die Särge, Tragseile mit Haken, und: «schau, hier ist er, der Sarg!» sagte Schnüff.
‹Der Sarg› war in der ganzen Kirchgemeinde bekannt. Niemand wußte, warum er in der Turmkammer stand, aber es hatten sich viele Geschichten über den halbverfaulten, von Wurmlöchern durchsiebten Holzkasten gebildet.
Die einen sagten: ‹Der Sarg steht seit hundertfünfzig Jahren dort. Darin ist ein hingerichteter Verbrecher beerdigt worden. Aber vielleicht war er kein Verbrecher, und der Sarg ist darum auch nach all dieser Zeit nicht verfault.›
Die andern sagten: ‹Als es noch Heilige gegeben hat, ist sehr wahrscheinlich eine Heilige darin begraben worden, ohne daß man es gewußt hat. Aber es könnte auch eine Hexe aus ganz alten Zeiten gewesen sein!›
Die dritte Geschichte fanden die Kinder am spannendsten:
Als früher einmal die Cholera umgegangen ist, sind in dieser Kirchgemeinde in wenigen Tagen viele Leute gestorben. Man hatte keine Zeit, große Beerdigungen abzuhalten, und so wurden alle, ob arm oder reich, in einfache Holzkisten gelegt und schnellstens begraben.
Unter den Cholera-Opfern war auch ein reicher Händler. Dessen Frau hat dem Mann ihre goldenen Ohrringe mit ins Grab gegeben. Die Totengräber

haben das gesehen und weitererzählt. Und in einer stürmischen Regennacht sind die zwei Söhne des reichen Mannes auf den Friedhof geschlichen und haben das Grab aufgebrochen.
In solchen Geschichten werden die Grabräuber fast immer vom Nachtvogel aufgescheucht, so daß sie vor Schreck in die Hosen machen und davonlaufen. Diese zwei Grabräuber aber sind von einem Nachtwächter überrascht worden, und da sie wußten, daß man mit Leichenschändern kurzen Prozeß machte, haben sie den Nachtwächter erschlagen, ihn in den Sarg gelegt und den Sarg wieder vergraben. Ihren Vater haben sie weggetragen.
Jedenfalls hat der eine Bruder den andern dann wegen der Ohrringe umgebracht. Die Ohrringe hat er seinem Mädchen gegeben. Als sie heirateten, hat das Mädchen, ohne daß es ihr Bräutigam bemerkte, die Ohrringe getragen. Das hat die Mutter auf der Hochzeit natürlich gesehen und nicht geruht, bis sie die ganze Geschichte erfuhr.
Der Sarg wurde nochmals ausgegraben, und darin fand man den Nachtwächter, schon beinah verwest. Der Mörder wurde vor Gericht gestellt und durch den Strang hingerichtet.
Das Ende dieser Geschichte gleicht dem der beiden andern: Nach hundertfünfzig Jahren ist der Sarg nicht verwest!
Es ist klar, daß man einen solchen Sarg nicht einfach verbrennen oder irgendwie verschwinden lassen

kann. Darum hat ihn nun schon der dritte Sigrist hintereinander am selben Ort stehen lassen.

Ein wenig schauderte es die beiden schon, als sie den Sarg betrachteten. Ernst berührte ihn mit großer Vorsicht, so, als würde die Kiste plötzlich aufstehen und weggehen.
«Wie wurmstichig der ist.»
«Beweg ihn ja nicht, sonst ist der Teufel los», sagte Schnüff.
«Es riecht schon ein wenig nach Tod, hier drin», sagte Ernst.
«Ich rieche nichts», sagte Schnüff. «Du, da ist ja gar keine Wendeltreppe.»
Der Turm hatte mehrere Zwischenböden. Etwa drei Meter lange Leitern führten von einem Boden zum andern.
«Die Sprossen sind aber arg ausgetreten», sagte Ernst.
«Wenn sie den Sigrist aushalten, tragen sie dich auch», sagte Schnüff.
Ernst bestieg die Leiter. Vorsichtig kletterten sie hinauf. «Die schwingt so ekelhaft!» sagte Ernst.
«Du mußt einfach gegenschwingen», sagte Schnüff. Das hatte er einmal von Josef gehört, konnte sich aber unter Gegenschwingen nichts vorstellen.
«Da oben steht eine Uhr, die sieht wie eine kleine Dreschmaschine aus», sagte Ernst.
Staunend standen sie vor einem Gehäuse, aus dem es

schwer und hart tickte. Metallstangen baumelten hin und her, es klickte und klackte.
«Wie wird denn dieses Monstrum angetrieben?»
«Ich denke, elektrisch. Die Glocken werden mit den Seilen geläutet.»
Da machte die Uhr irgendeinen zusätzlichen Ruck. Zwei Stangen, die scheinbar endlos in die Höhe gingen, zuckten, und dann dröhnten nacheinander zwei langhallende Schläge.
«Das haut einen ja fast um», sagte Ernst.
Aus der Uhr griffen oben zwei große Räder heraus, die sich langsam drehten. Sie waren aus Stahl, sauber geschliffen und trugen einen merkwürdigen Kranz aus langen Spitzen.
Über der Uhr waren in der Mitte zwei der Zwischenböden ausgespart, und ganz oben, dort, wo sich der Turm zum Dach zuspitzte, hingen drei Glocken. Von jeder Glocke baumelte ein dickes Seil, dessen Ende fast bis zur Uhr herunterreichte und unten in einem Knoten endete. Es war so gedacht, daß der Sigrist mit einem kurzen Stock, der vorne einen Haken hatte, das Seil der zu läutenden Glocke vom zweituntersten der Zwischenböden zu sich heranzog und dann kräftig am Seil zog.
In den Turmmauern waren Schlitze, durch die man ins Land hinaussehen konnte. Durch die Schlitze flogen Tauben, die im Dachstock nisteten.
«Ich komme mir vor wie in einem Schiff, das auf der Nase steht», sagte Ernst. Er packte den Stock mit

dem Haken und sagte: «Soll ich Tauben fangen? Die fliegen einem hier fast ins Maul.»
«Aber sie sind nicht gebraten», sagte Schnüff.
«So etwa», sagte Ernst und hakelte durch den Schlitz einer eingebildeten Taube nach. Der Stock blieb mit dem Haken außen an der Mauer hängen. Ernst hielt ihn nicht fest genug, und plumps war der Stock verschwunden. Sekunden später polterte er über das Kirchendach hinunter.
«Den holen wir nachher», sagte Ernst mit gespielter Ruhe.
«Hat man das vielleicht in der Kirche gehört?» sagte Schnüff. Da sie beide über diese Frage lieber nicht nachdenken wollten, stiegen sie weiter hinauf.
Unter dem Dachfirst bestand die Konstruktion nur noch aus Balken. Von unten konnte man die Glokken sehen. Und der Wind pfiff ganz schön durchs Gebälk. Es hieß, daß ein schwerer Sturm die Glokken zum Läuten bringe.

«Willst du voraus?» sagte Ernst zu Schnüff. Er traute dem mickrigen Leiterchen, das zu den Tauben hinaufführte, offenbar nicht.
«Wenn du es nicht wagst...» sagte Schnüff.
«Du bist leichter», sagte Ernst.
«Aha! Immer wenn's gefährlich wird, bin ich der Leichteste. Das kenne ich!» Schnüff begann, sachte die Leiter hochzuklettern. «Saumäßig hoch ist das hier schon.» Er versuchte, sich Mut zu machen.

Aber dann sah er hinunter auf den Kirchhof, er sah die Dächer des Dorfes; die Autos und die Fahrräder dort unten schienen unwahrscheinlich winzig zu sein. Und plötzlich begann der Turm zu schwanken. Schnüff hielt sich an der Leiter fest und schloß die Augen – fast. ‹Nein, jetzt nicht die Augen schließen, sonst bin ich ein Feigling›, dachte er.
«Hast du Schiß?» fragte Ernst.
Schnüff nahm mit letzter Überwindung noch zwei Sprossen. Dann konnte er die Nase knapp über den winzigen Dachboden stecken. Blitzschnell sah er um sich und rutschte dann sofort die Leiter hinunter.
Schlotternd stand er ganz nah bei Ernst. «Das ist eine ganz heiße Sache», sagte Schnüff. «Und ich – ich bin heute nicht ganz schwindelfrei.»
«Hast du etwas gesehen?»
«Nicht alles, aber ich glaube, da ist eine Kiste mit einem Schloß dran. Man müßte ganz auf den Dachboden hinaufklettern ...»
«Soll ich mal?» fragte Ernst.
«Lustig ist es nicht», sagte Schnüff.
Ernst nahm also eine Sprosse. Dann, mit einem großen Schritt, die zweite Sprosse. Dann hielt er an. «Ich bin lieber vernünftig und komme herunter», sagte Ernst.
Es war das erstemal, daß Schnüff das Wort ‹vernünftig› von Ernst hörte.
«Die Schatztruhe können wir später untersuchen,

wenn wir mehr Zeit haben», sagte er. «Aber beim Hinuntergehen könnten wir ein bißchen üben, wie es wäre, Glocken zu läuten.»
«Das ist einfach: Du holst auf dem Friedhof den Stock, ziehst ein Seil zu dir her, und wamm!»
«Die Seile kann man doch von Hand zu sich herholen, siehst du, so ...»
Schnüff konnte auch später nicht beschreiben, wie es geschehen war – es ging alles viel zu schnell: Irgendwie verlor Ernst das Gleichgewicht. Einige Meter weiter unten kriegte er eines der Seile zu fassen.
Nun strampelte er mit den Beinen in der Luft herum. Er begann, ohne es zu wollen, hin und her zu schwingen, und nun – klar: die Glocke, an deren Seil er hing, fing auch langsam an zu schwingen. Schnüff starrte schreckensbleich die Glocke an. Er sah, wie sich die Glocke zu bewegen begann, dann der Klöppel, und dann – läutete die Glocke eben!
War das eine verflixte Zwickmühle! Blödsinniger hätte sich das niemand ausdenken können: Ernst konnte sich nicht abseilen; unten waren die zwei Uhrräder mit den scharfen Spitzen.
«Klettere hinauf!» rief Schnüff.
«Was soll ich dort?» rief Ernst zurück, «meine Hände brennen, als ob ich keine Haut mehr dran hätte!»
Klar, in die Glocken hinaufkriechen konnte man nicht. Ernst schwang immer stärker hin und her.
«Pack noch ein anderes Seil!» rief Schnüff.

Ernst folgte dem klugen Rat. Und damit begann auch die kleine Glocke zu läuten!
«Laß dich ganz bis zum Knoten hinunter, dort kannst du stehen!»
Auch das tat Ernst gehorsam. Nun mußte er sich wenigstens nicht mehr mit blutenden Händen an den Seilen festklammern. Aber die Glocken hörten so schnell nicht auf zu läuten.
«Das beste ist, du schwingst so weit aus, bis ich dich fassen kann!»
Ernst versuchte, stärker zu schwingen. Die Glocken machten die Bewegung mit und läuteten Sturm.
Das nächste Unheil war schon zu hören: Unten wurde an die Turmtür gepoltert, und zwischen den Glockentönen hörte man jemand rufen.
«Geh doch endlich hinunter und schließ die Tür auf, damit die mich retten können!» rief Ernst zwischen Weinen und Verzweiflung.
«Warum hast du auch die Tür zugesperrt, du Idiot?» schimpfte Schnüff und kletterte hinunter.
Als er den Riegel zurückschob, sah er in die Gesichter des Organisten und des Sigristen. Beide waren einen Moment sprachlos, dann dachte Schnüff: ‹Jetzt explodiert er ...›
«Was, zum Herrgottkreuzdonnerwetter, geht hier vor!» schrie der Sigrist außer sich vor Wut.
«Herr Marti, wir sind hier in der Kirche!» sagte der Organist. Dann sah er nach oben und rief: «Die läuten ja immer noch!»

«Ernst ist oben», sagte Schnüff. Die zwei drängten sich an ihm vorbei.
«Da hängt ja einer! Diese gottverdammten Lümmel! Da hängt ja tatsächlich einer *und läutet!*» Sigrist Martis Stimme überschlug sich. «Wo ist der Seilstock? Wo ist der verdammte Seilstock?»
«Unten», rief Ernst weinerlich.
«Wo, was unten! Der Seilstock hat hier gehangen! *Wo ist er jetzt?*» Endlich schaltete Schnüff. Er rannte um die Kirche herum, holte den Stock und hastete damit die zwei Leitern hinauf. Er reichte dem tobenden Sigrist den Stock.
Der zog den baumelnden Ernst sozusagen an Land. Von unten rief jemand: «Was ist los?»
«Nichts», rief Schnüff hinunter.
«Den Arsch sollte ich dir damit versohlen!» schrie Herr Marti, «und dir auch – ihr Halunken! Hinunter mit euch!» Da erschrak der Organist: «Au wei, ich muß ja spielen!» Und so war er der erste, der die Leitern hinunterstieg.
Schnüff und Ernst standen unterdessen vor dem Sigrist, die Hände in den Hosentaschen, mit zur Erde gerichtetem Blick. Es fiel ihnen nichts ein, was sie hätten zur Entschuldigung sagen können – darum schwiegen sie. Das trieb den Mann zum Äußersten:
Er schrie: «Ihr habt meine Glocken läuten lassen, *meine* Glocken! Während der Predigt! *Meine Glocken!*»

Schnüff dachte: ‹Entweder beginnt er gleich zu heulen, oder er haut uns dermaßen durch, daß wir auf keinen Fahrradsattel mehr kommen.›
Schnüff hatte richtig gedacht.

Schnupfend, schlotternd und das Weinen verkneifend, standen die zwei Sturmläuter neben der offenen Kirchentür, als die Leute herauskamen. ‹Jetzt werden wir noch ausgestellt, wie im Zirkus die Frau ohne Unterleib›, dachte Schnüff, und da kam auch schon der Pfarrer. Herr Marti stürzte sich fast auf ihn: «Die beiden da waren es! Die zwei haben meine Glocken geläutet! Stellen Sie sich das vor – aber», Marti verlor beinah den Schnauf, «ich habe es den beiden bereits *handschriftlich* gegeben... Die wollten mich zum Gespött machen, Herr Pfarrer!»
Was blieb da dem Herrn Pfarrer übrig, als seinen Sigrist zu beruhigen.
Anschließend nahm er sich Ernst und Schnüff vor: «Ernst, du gehst hinein. Die Kinderlehre beginnt gleich. Und du, Bernhard, du gehst sofort nach Hause. Wir sprechen uns noch!»

Du himmlischer Strohsack und Affenstall! Da sollte man, nach all dem Geschehenen, einfach nach Hause gehen, und den Eltern, die erstaunt wären, daß man die Kinderlehre nicht abgesessen hatte, würde man schlicht sagen: ‹Wir haben während der Predigt ein bißchen die Kirchenglocken geläutet und sonst

noch ein wenig Mist gebaut, der Herr Pfarrer kommt nächste Woche und erzählt euch alles!› – So einfach stellte sich der Herr Pfarrer das wohl vor.
‹Der hat keine Ahnung vom Leben eines jungen Menschen›, dachte Schnüff.
Den Satz hatte er von Lehrer Kaspar.
Kaum hatte Schnüff das gedacht, stürzte Ernst zur Kirchentür heraus. Nun war ihm wirklich schlecht. Er konnte sich gerade gegen die Kirchenmauer lehnen, als es aus ihm herausbrach. Schnüff ging hin und wollte ihn stützen.
«Hau ab!» sagte Ernst mit halb ersticktem Ton.

Schnüff war noch nicht bei den Fahrrädern angekommen, als ihn Ernst einholte.
«Ich soll nach Hause, hat der Pfarrer gesagt.»
«So – ich auch», sagte Schnüff.
Als sie, nicht gesprächiger als auf dem Hinweg, an der Schafweide vorbeiradelten, sagte Schnüff:
«Du, wir kommen viel zu früh nach Hause. Dann müssen wir alles schon heute sagen.»
«Stimmt. Einmal heute hast du recht. Wir müßten, glaube ich, noch etwas einbauen.»
Sie hielten an.
«Was würdest du sagen, wenn man auf den Schafböcken reiten könnte?» sagte Schnüff zu Ernst.
«Reiten ist meine Spezialität. Auf Pferden natürlich. Es wäre schon toll, einmal auf Schafen zu reiten.»
«Das glaubt uns niemand», sagte Schnüff.

«Das mit den Kirchenglocken glaubt uns auch niemand, wenn wir das erzählen würden.»
Schnüff fuhr mit einer Hand über seinen Kahlkopf. «Ich wußte, daß es heute einen Wundertag gibt. Aber man glaubt mir ja nichts, wenn ich etwas voraussage.»
«Also komm, wir ärgern die Schafböcke ein bißchen.»
Sie legten ihre Fahrräder auf den Boden und hockten sich auf den Lattenzaun.
«Also der und der und der, das sind alles Böcke. Die andern sind Weibchen.»
«Das sehe ich auch», sagte Schnüff.
«Was uns jetzt fehlt, ist ein Lasso, um die Kerle einzufangen.»
«Wenn sie Hörner hätten, könnten wir sie an den Hörnern packen.»
Die Schafe kamen neugierig heran. Sobald Schnüff oder Ernst jedoch eine Bewegung machten, stoben sie auseinander. Die schwarzbraune Wolle war zum Teil verklebt, und einige hatten an Kopf und Beinen kleine Schwären.
«Sehr gut sehen die nicht aus», sagte Schnüff.
«Blöd sehen die aus. Sie gucken einen wirklich dumm an», fand Ernst.
«Das ist nicht wahr», sagte Schnüff. «Schafe sind sehr intelligent. Manchmal kapieren sie schneller als die Menschen. Schafe gefallen mir, wenn sie nicht so schlampig gehalten werden wie diese. Oder wenn

sie nicht kahlgeschoren sind – wie ich.»
«Dein Schaf möchte ich auch sein», spottete Ernst, «dann müßte ich wohl in deinem Bett schlafen. Was ist, wollen wir jetzt Schafböcke reiten oder nicht?»
«Du bist ja nicht schwindelfrei», gab Schnüff zurück, «wie willst du denn auf einem Schaf reiten?»
Nun war der Punkt gekommen, wo sich die beiden Freunde entweder prügeln würden oder begannen, auf Schafen zu reiten. Da sie diesmal schon genug Schläge eingesteckt hatten, waren sie fürs Reiten.
«Am besten, man packt eines in der Halswolle und schwingt sich drauf», riet Schnüff.
«Aber wirklich nur die Böcke», sagte Ernst, «die Weibchen sind zu schwach.»
Schon rannte Schnüff einem jungen Widder nach, packte ihn und – hing am Hals. Von Aufsteigen war keine Rede. Doch irgendwie bugsierte er das Tier vor Ernst hin, und dieser ließ sich vom Zaun aus auf dessen Rücken fallen. Schnüff ließ den Hals los.
Der Widder stand bockstill.
«Der ist wie ein Esel, den muß man ziehen und schieben», sagte Schnüff. Doch Ernst bekam die Weisheit nicht mit; er lag am Boden und schrie. Dabei hatte das Schaf bloß einen winzigen Sprung getan. Schnüff krümmte sich vor lachen. «Und so einer darf sich auf Pferde setzen.»
«Warte nur, ich fang dir jetzt einen, und dann setzt *du* dich mal drauf.»
Ernst hing dem größten Widder am Hals. Der aber

drehte sich gegen ihn, rammte ihm den Kopf in den Bauch, sprang über ihn hinweg direkt auf Schnüff zu, und bis dieser begriffen hatte, lag er schon am Boden. Schnüff stand schnell auf, denn die Huftritte schmerzten. Es gelang ihm, den neuerdings angreifenden Bock um den Kopf zu fassen. Aber der Kerl hob ihn in die Luft und rannte mit dem Schnüff-Paket gegen den Zaun. Ernst schrie, er wolle helfen – aber wie? Ohne Lasso und Stock.

Schnüff geriet zwischen Zaun und Schaf, der Widder schleppte ihn einige Meter buchstäblich mit, und somit auch den größten Teil von Schnüffs Knickerbockern – der kleinere Teil war am Stacheldraht hängengeblieben. Das Geräusch von zerreißendem Tuch raubte Schnüff jede Widerstandskraft.

Wie er so am Boden lag und dem Schafbock nachschaute, der sich, als wäre nichts geschehen, zu den andern Schafen trollte, wollte er einen kurzen Augenblick probehalber tot sein.

Ernst war ebensowenig zum Lachen. Entsetzt sah er auf den traurigen Rest von Schnüffs Prunkhosen. Er selbst sah auch nicht besser aus. Seine Handflächen bluteten wieder, und er stank komischerweise nach Schafmist.

«Am besten wäre es, jetzt auszureißen», sagte Schnüff.

«Ich käme mit, wenigstens, bis wir weit genug weg sind.»

«So wie Huck Finn, dem ist es auch dreckig er-

gangen, und dann ist er ab und auf den Mississippi.»
«Aber wir haben keinen solchen Fluß.»
«Dann Autostopp oder Fahrrad.»
«Wir haben keinen Rappen Geld in der Tasche.»
«Richtige Ausreißer verdienen sich ihr Geld oder stehlen es.»
«Klauen? Nachdem, was heute alles passiert ist? Nein danke», sagte Schnüff. «Und am Sonntag etwas zu verdienen, ist unmöglich.»
«Wir können ja bis morgen damit warten.»
«Aber zu essen möchte ich heute schon haben. Und das mit dem Autostopp klappt auch nicht. Wir kommen keine zwei Stunden weit. Die sehen uns sofort an, daß wir ausreißen.»
«Fahrrad ist auch Essig. Wenn sie merken, daß wir ausgerissen sind, holen die uns sofort ein.»
«Dann verschieben wir das Ausreißen ein paar Tage. Ich habe nämlich einen wahnsinnigen Hunger!»
«Hast du nichts gefrühstückt?»
«Ich hatte keine Zeit wegen der Predigt.»
«Siehst du, wenn du gefrühstückt hättest, wären dir auch nicht solche Ideen gekommen, dann wäre das mit dem Kirchturm und den Glocken nicht gewesen, und der Schafbock hätte uns auch nicht so hereingelegt.»
«Ach, hör doch auf!»

Mit schwerem Herzen verabschiedeten sie sich vor Ernsts Haus.

«Wenn sie dich vermöbeln, schreist du wie ein Schwein am Spieß. Dann weiß ich wenigstens, was los ist», sagte Schnüff.

Ernst stöhnte: «Daß es Freunden immer so lausig ergehen muß ...»

‹Wenn Ernst schon nach Hause muß, dann schaff' ich das auch›, sagte sich Schnüff.

Wortlos trat er in die Küche. Niemand. Also hinein in die Stube.

Da saßen sie beim Mittagessen. Alle schauten neugierig auf, als sich Schnüff an seinen Platz setzte.

Da sagte der Vater: «Wir wissen schon alles. Nur das mit den Hosen ist neu.»

Schnüff schöpfte sich Suppe.

«Dein Pech, daß Nachbars in der Predigt waren», sagte Onkel Matis.

‹Auch das noch›, dachte Schnüff. Er löffelte die Suppe. Er sah nur auf den Teller und in die Suppe: Grießsuppe.

Anstelle des zweiten Briefes von Schnüff

Schnüff stand in der Scheune. Vor ihm auf dem Balken lag ein nicht mehr ganz sauberes Blatt, und darauf stand: ‹*Liebe Maria.*›
Das stand schon seit längerer Zeit da.
Weiter kam Schnüff einfach nicht. So sehr er sich auch den Kopf zerbrach – nichts.
Dabei hatte er ziemlich weit unten auf dem Blatt angefangen; der Brief hätte ohnehin kurz werden sollen.
‹So ist es vielleicht, wenn man Sägemehl im Kopf hat›, dachte Schnüff. Aber er spürte nicht einmal das Sägemehl im Kopf.
Plötzlich riß ihm die Geduld. Er legte den Kugelschreiber und das gefaltete Blatt hinter den Balken, hinter dem die Briefe von Maria steckten. Dann ging er zu Rosa. Die saß an ihren Schulaufgaben und war froh, daß sie gestört wurde.
«Ich finde, wir sollten Leni einmal besuchen, wenn es ihr so schlecht geht.»
Rosa wurde ein wenig rot und sagte: «Vielleicht schon, ja...» Sie beschlossen, die Sache gleich auszuführen, und vielleicht konnte auch Fred Böhni mitkommen, dann wäre es irgendwie wie ein Besuch von der ganzen Klasse.

Fred sagte: «Ich käme schon mit. Aber bei einem Besuch sollte man vielleicht etwas mitbringen. Kuchen oder so.»
«Wer backt jetzt noch einen Kuchen? Wir wollen doch gleich hingehen?»
«Man muß auch gar nichts mitbringen. Aber etwas Kleines wäre schon gut», sagte Rosa. «Ich schau mal nach, ob ich drei Tulpen abzweigen kann.»
«Ich hätte noch eine Tafel Schokolade zu Hause», sagte Fred. «Ob Leni so was essen kann?»
«Sie hat zwei Schwestern», sagte Schnüff. «Aber ich habe nichts.»
«Das macht doch nichts. Wir gehen einfach so: Rosa mit den drei Tulpen, ich mit der Schokolade...»
«Denkst du, wenn ihr wie Weihnachtsmänner ankommt, dann sage ich: Tut mir leid, Schwestern, mir ist nichts eingefallen.»
Sie drucksten eine Weile herum – bis Fred sagte: «Gehen wir jetzt oder gehen wir nicht.»
«Ich hab's!» rief Schnüff, und rannte nach Hause.
Es dauerte keine zehn Minuten, bis er zurückkam. Er hatte eine Jacke angezogen und hielt sie mit einer Hand vorne zusammen. Die andere Hand steckte unter der Jacke und schien irgend etwas festzuhalten, das ab und zu zappelte.
«Ich sage nichts!» Schnüff wollte verschmitzt und geheimnisvoll dreinschauen, aber er strahlte übers ganze Gesicht.
«Dann sagen wir auch nichts», sagte Rosa.

Die Wohnung von Benders lag im Untergeschoß eines Mehrfamilienhauses.
Als sie die kurze Treppe hinuntergestiegen waren und in dem düsteren Gang die Türklingel suchten, sagte Schnüff: «Das riecht hier wie nasser Hund.»
Rosa drückte auf die Klingel, die aus der Fassung gelöst herunterhing.
Kaum hatte es geklingelt, wurde die Tür aufgerissen, und Frau Bender sagte: «Hallo, was ist denn da los – Maria, komm!»
«Wir dachten, Leni würde sich vielleicht freuen ...»
Frau Bender seufzte: «Tja, wenn die sich noch über etwas freuen würde.»
Hinter Frau Bender erschien Maria. «Das ist ja toll! Macht ihr uns einen richtigen Besuch?»
Schnüff dachte: ‹So ein bißchen verlegener dürfte sie schon sein; schließlich bin ich dabei.›
«Kommt herein. Mutter, machst du uns Tee?»
«Geht in die Wohnstube», sagte Frau Bender.
Mitten im Wohnzimmer stand ein großer Tisch; er war mit einem blau-weiß karierten Plastiktuch bedeckt. An einer Wand stand ein Buffet, an der andern ein Tischchen mit einem großen Radio drauf. Unter dem Tischchen stapelten sich Zeitungen. Über dem Radio hing eine Wanduhr, daneben ein Bild. Es stellte die Dorfstraße von Ottigen dar und hatte einen breiten Schmuckrahmen. Vom Wohnzimmer ging ein kleines Fenster zur Straße hinaus. Draußen sah man ein paar Grashalme. Unter dem

Fenster standen zwei Polstersessel. Der Zimmerboden war aus Linoleum, und über dem Tisch hing eine flache, gelbbraun gestreifte Lampe.
Die Kinder setzten sich um den Tisch.
«Wir haben etwas mitgebracht», sagte Fred.
«Für Leni?»
«Ich – äh – wahrscheinlich für alle», sagte Fred.
«Natürlich vor allem für Leni», sagte Schnüff.
«Wie geht es Leni?» fragte Rosa.
Maria hob die Schultern. «Ihr könnt schon zu ihr, aber vielleicht nicht zu lange.»
Schnüff saß auf der Stuhlkante und beugte sich ein wenig vor. Maria fragte: «Was ist los?»
«Nichts», sagte Schnüff. Aber in dem Moment verzog er das Gesicht und machte «Au!»
«Was hast du unter dem Pullover?»
«Nichts – oder doch, etwas für Leni.»
«Etwa einen Goldhamster», lachte Maria.
«Nichts. Ich sage nichts – au!» Schnüff sah sich hilfesuchend um. «Ich glaube, ich muß das Ding Leni bringen oder es loslassen.»
Maria öffnete zögernd das Nebenzimmer und sagte: «Das ist unser Schlafzimmer – Lenis und meines. Christa schläft im Zimmer der Eltern. Kommt. Leni, du kriegst Besuch, drei aus der Schule.»
Rosa ging voraus und gab Leni die Hand. Maria nahm vom Buffet eine Vase und stellte die Tulpen hinein. «Schön sind sie, nicht wahr, Leni. Ich gebe ihnen nachher Wasser.»

In Lenis schmalem Gesicht erschien ein Lächeln. Sie nickte und sagte: «Danke, Rosa, ja, sie sind schön.» Fred gab Leni die Hand und hielt die Tafel Schokolade wie ein Buch vorgestreckt in der Linken. «Wir wußten nicht, ob du Schokolade essen darfst.»
«Ich weiß auch nicht», sagte Leni. Schnüff trat ans Bett heran, und nun wußte er nicht, welche Hand er freimachen durfte. Er zog die rechte Hand aus dem Pullover und wollte sie Leni reichen. Aber das Ding unter dem Pullover hatte sich das anders ausgedacht und zappelte wie verrückt. Schnüff wurde des Gezappels nicht mehr Herr, und dann hüpfte ein schwarz und braun geschecktes junges Kaninchen zu Boden und verschwand sofort unter Lenis Bett.
«Ein Kaninchen!» rief Maria. «Ich hätte es doch wissen sollen!»
Nun gab es ein Durcheinander von Lachen und Kaninchensuchen. Leni richtete sich ein wenig auf und sagte: «Das ist ja wahnsinnig. Schnüff – aber wo ist es denn?»
Nun kam natürlich auch Frau Bender dazu. «Was, ein Kaninchen, ein richtiges Kaninchen? Aber wo soll denn das hin, das arme Ding? Wir haben doch keinen Stall.»
Das arme Ding war sehr flink. Nachdem die Kinder unter beide Betten gekrochen waren, hoppelte es in die Wohnstube, und als ihm Schnüff nachlief, war es schon in der Küche verschwunden. Die vier Kinder liefen ihm nach, und die Mutter sagte kopfschüt-

telnd: «Das geht doch nicht. Ich glaube nicht, daß das geht, ein Kaninchen ...»
Endlich hatte Schnüff den Ausreißer gefaßt. Maria holte im Keller einen großen Karton, darin wurde das Kaninchen vorerst deponiert.
«Darf ich es wirklich behalten?» fragte Leni. Sie fragte eher die Mutter als Schnüff. Schnüff sagte: «Natürlich, darum habe ich es dir ja mitgebracht. Es ist ein Weibchen. Es hat mich ein paar Mal gebissen. Aber sonst beißt es nicht.»
Leni wurde lebhafter. «Es kann doch vorläufig in dem Karton bleiben. Christa und Maria können ihm draußen Gras holen, und dann gibt es in der Küche Gemüseabfälle und so.»
«Ich könnte dir aufschreiben, was es fressen darf und was nicht», sagte Schnüff.
«Das weiß ich schon, und Vater auch», sagte Frau Bender. «Aber was ums Himmels willen sollen wir mit einem Kaninchen in der Wohnung? Das macht ja Mist!»
«Vater wird uns bestimmt eine Kiste machen», sagte Maria.
«Ich könnte euch meine Transportkiste ausleihen, die ist wie ein Stall», sagte Schnüff, «man muß nur ein altes Kuchenblech oder etwas Ähnliches darunter stellen, damit der Boden nicht naß wird.»
«Und wenn ich gesund bin, muß es Junge kriegen, nicht wahr», sagte Leni. Die Mutter sagte mitleidig: «Mein Kind, mein Kind ...»

«Doch, ich werde gesund! Schließlich hat der Arzt Schnüff auch wieder auf die Beine gebracht, hat Maria gesagt.»
«Schnüff hatte nicht dieselbe Krankheit wie du.»
Da sagte Schnüff: «Ich war hundsmiserabel dran, hat der Arzt gesagt, und dann hat Herr Knopf gesagt – ja, was hat er eigentlich gesagt? ... ‹du mußt nur gesund werden *wollen*, Schnüff›, so war das ungefähr.»
Schnüff merkte plötzlich, daß er Leni in die Augen sah. Leni sah ihn an. Sie sagte nichts. Aber irgendwie schien sie ein Lächeln zurückzuhalten.
Ihr Kopf lag in einem wilden Knäuel roter Haare. Sie hatte braune, große Augen und starke Augenbrauen. Ihre Nase war leicht gebogen. Ihr Mund... Schnüff fand, daß sie ihren Schwestern Maria und Christa wenig glich. Sie hatte einige Sommersprossen im Gesicht und viele an den weißen, dünnen Armen. Schnüff fand Leni ganz mächtig sympathisch. Als er merkte, wie er sie immer noch unverwandt ansah, wurde ihm ganz heiß.
Frau Bender sagte: «Kommt in die Stube und nehmt endlich den Tee. Aber ich habe leider nichts dazu.»
«Wir teilen die Schokolade auf», sagte Rosa.
«Können wir den Tee nicht hier bei Leni trinken?» sagte Fred. – Ihm hatte niemand eine solche Idee zugetraut, und erst recht nicht, daß er sie zu sagen wagte.
Im Zimmer von Leni und Maria standen zwei

schmale Betten an den Wänden. Dazwischen konnte man knapp durchgehen. An der hinteren Wand stand ein Schrank mit zwei Türen. Auch hier war ein kleines Fenster, das auf die Straße hinausging, und auch von hier sah man draußen ein paar Gräser. Unter dem Fenster stand ein Nachttischchen, am Fußende der Betten waren zwei Stühle.

Auf die Stühle hatten sich Fred und Rosa gesetzt. Schnüff und Maria setzten sich auf Marias Bett, und die Mutter stand in der Tür.

Jedes hatte eine Tasse Tee in der Hand. Lenis Tee stand auf dem Nachttisch. Da die Schokolade in den Händen schmolz, war sie rasch verschwunden. Sogar Leni hatte ein wenig probiert.

«Wo ist eigentlich Christa?»

«Sie hilft beim Bäcker aus. Sie kommt mit Vater nach Hause», sagte Maria.

«Dann müssen wir bald gehen», sagte Schnüff.

«Ihr müßt deswegen nicht gehen. Wir haben genug Platz für alle», sagte Frau Bender.

«Doch, Rosa muß noch Aufgaben machen, und ich habe damit noch gar nicht angefangen.»

Frau Bender sammelte die Tassen ein und brachte sie in die Küche. Rosa verabschiedete sich von Leni. Sie gab ihr die Hand. Aber als ob sie es sich anders überlegt hätte, beugte sie sich zu Leni hinunter und gab ihr auf beide Wangen einen Kuß.

Als Schnüff Leni die Hand gab, wußte er nicht, was tun. Er dachte: ‹Ich kriege einen knallroten Kopf› –

und wie er an den knallroten Kopf dachte, beugte er sich wie selbstverständlich zu Leni hinunter und gab ihr einen Kuß. Dabei stützte er sich mit der freien Hand aufs Bett, und einen kurzen Augenblick lang spürte er Lenis Haar ganz fein auf dem linken Handrücken.

Die Verabschiedung von Maria war weniger kompliziert: Man stieß sich gegenseitig leicht an den Arm oder so. Rosa sagte zu Leni: «Wenn du magst, kommen wir bald wieder!»

«Klar, prima», sagte Leni und lehnte sich erschöpft zurück.

Schnüff saß hinter den Schulaufgaben. Er hatte einen Bleistift in der Hand. Vor ihm lag ein Heft, daneben das Rechenbuch.

Schnüff saß da. Er sah irgendwohin.

Mit einem Finger fuhr er leicht den Lippen entlang. So, oder noch feiner, war das gewesen. Nur ganz kurz. Und etwa die Hälfte auf die Wange und die andere Hälfte auf die Lippen, weil Leni ein wenig den Kopf zu ihm hin gedreht hatte.

So fein und weich war das gewesen. Oder noch feiner.

Ein Hauch, aber mehr als ein Hauch. ‹Es war keine Luft dazwischen, nichts› sagte Schnüff leise zu sich. Es tat ungeheuer wohl, wenn er sich mit der Fingerspitze ganz leicht über die Lippen fuhr und über den Rücken der linken Hand.

Samstag, Max und Laura

Der liebste Tag für Schnüff war der Samstag.

Da war es nicht so tragisch, wenn man morgens vielleicht eine Minute zu spät in die Schule kam. Die drei Stunden von acht bis elf waren zwar für Schnüff so langweilig wie immer. Jedoch in der letzten Stunde konnte man die Phantasie schweifen lassen und sich ausmalen, was man alles am Samstag nachmittag, Samstag abend und vielleicht am Sonntag unternehmen konnte.

Der Montag war vom Samstag so weit entfernt wie Ottigen vom Nordpol.

Der Sonntag hatte die paar ungemütlichen Regeln wie Sonntagskleidung anziehen, Kirche, Mittagessen mit Gästen, Spazierenmüssen, und gegen Abend stand der Montag vor der Tür.

Aber am Samstag war das anders; da konnte man vergessen, was man unter der Woche hätte tun sollen, und das machen, worauf man Lust hatte – oder was man an den übrigen Tagen nicht gerne, aber am Samstag gerne tat.

Wie Jäten zum Beispiel.

Herr Knopf hackte zwar ab und zu ein bißchen das Gras von den Wegen oder das Unkraut aus den Blumenbeeten, aber mit seinem krummen Rücken

und seinen schwachen Händen konnte er wenig tun. Der Großmutter und den Eltern reichte dies zwar. Aber für Schnüffs samstägliche Jätanfälle war das bißchen Jäten von Herrn Knopf nur Ansporn für gründlichere Taten.
Wenn ihn einer der Erwachsenen unter der Woche zum Jäten überreden wollte, hatte Schnüff gar kein Musikgehör. Am Samstag jedoch sagte er sich:
‹Nun kommt der Zufahrtsweg zum Haus dran.›
‹Der Pfad durch die Wiese ist bald zugewachsen, da kann kein Mensch mehr entlanggehen!›
‹Vor der Scheune hat sich so viel Gerümpel angesammelt, daß es dort aussieht wie in einem Saustall.›
Meist setzte Schnüff solche Gedanken auch gleich in die Tat um, und niemand konnte ihn daran hindern. Schnurgerade war dann der Zufahrtsweg gejätet, vorläufig sproß dort kein Halm mehr; der Kies wurde fein geharkt und mit einer kleinen Rohrwalze festgewalzt. Der Weg sah nach solcher Behandlung aus, als hätte ihn soeben ein städtisches Gartenbauamt angelegt – wie geleckt und gepinselt.
Dem Pfad durch die Wiese geschah Gleiches, nur daß dort die Hühner mithalfen und alles wieder aufscharrten. Schnüff mußte sich jeweils übermäßig beherrschen; nur die Aussicht, am Sonntag könnte sonst Reis mit Huhn auf dem Tisch stehen, bewahrte die Hühner vor einem schnellen Tod.
Oder das Gerümpel vor der Scheune wurde von Schnüff kurzerhand hinter den Treibhäusern zu

einem Haufen zusammengetragen und angezündet. Oder Schnüff ließ den Brunnen auslaufen.
Der Vorplatz wurde kurzfristig unter Wasser gesetzt, weil das Wasser zu wenig schnell ablief. Also mußte der Ablauf mit der Röhrenrute freigestochert werden. Dazu aber mußte Schnüff das Senkloch bei der Straße öffnen. Damit das Senkloch geöffnet werden konnte, mußte die eine Straßenhälfte gesperrt werden – das hieß, bei Nachbar Kapp mußten die Schlüssel zum Feuerwehrhaus und dort die rotweißen Absperrschranken geholt werden.
Wenn Schnüff aber schon im Feuerwehrhaus war, konnte er doch probieren, ob der Motor des neuen Spritzenwagens sicher und sofort ansprang. Dann hätte er auch die Pumpe überprüfen können, aber zur Pumpe fehlte der Schlüssel. Fünf Stück davon wurden von fünf Feuerwehrmännern streng gehütet, hätte es also gebrannt, wären im besten Fall fünf Männer mit dem Spritzenwagenpumpenschlüssel angetrabt und im schlechtesten Fall keiner.
Aber wie war das noch – ach so: Die halbe Straße wurde also gesperrt, mit der Röhrenrute die Röhre bis zum Brunnen freigestochert, dann konnte das Wasser vom Brunnen sofort abfließen. Aber das war inzwischen längst auf dem Vorplatz versickert.
Als das Senkloch wieder zu war, mußten die Absperrschranken ins Feuerwehrhaus zurückgebracht werden, und Nachbar Kapp wollte den Schlüssel zum Feuerwehrhaus wiederhaben.

Eigentlich hätte sich Schnüff die ganze Sache ab dem Brunnen-auslaufen-lassen sparen können. Aber so war er sicher, daß alles funktionierte, und ein wunderbares Gefühl von Reinlichkeit befiel ihn, wenn kurz vor dem Tränken der Kühe der Brunnentrog und das Wasser darin blitzsauber waren.

Schnüff fand, daß an Samstagen selten schlechtes Wetter war: Entweder ein heißer Sommertag, ein leicht bewölkter Frühlings- oder Herbsttag oder ein richtiger Wintertag – einfach ein entschiedenes Wetter.
Wenn der Wind von Nordosten kam, hörte man um fünf Uhr nachmittags die Kirchenglocken die Woche ausläuten.
Irgendwie frei fühlte er sich an Samstagen.
Und wenn gegen Abend dann Gäste kamen und nach der Begrüßung Worte für Schnüff finden mußten – was blieb denen übrig, als Schnüffs Arbeit zu loben. Und obwohl Schnüff zwischen richtigem Lob und Verlegenheitslob gut unterscheiden konnte – es sollte sich jemand hüten und seine samstäglichen Anwandlungen unterschätzen.

Schnüff war also wieder einmal am freiwilligen Jäten des Zufahrtsweges, als Großmutter kam und sagte: «Du mußt schnell zum Metzger, zehn Paar Bratwürste holen. Meine Schwester kommt heute abend mit Herrn Brenner. Sie haben gerade telefoniert.»

«Immer diese Überfälle», sagte Schnüff naseweis. «Die könnten sich auch früher anmelden. Ich unterbreche meine Arbeit nämlich nicht gerne.»
«Zehn Paar Bratwürste.»
Schnüff ließ maulend das Werkzeug fallen und radelte zum Metzger. Ärgerlich war das schon. Erstens mochte doch niemand die Großtante Laura so richtig, und ihren Herrn Brenner – sie nannte ihn ‹mein Freund, der Max› – mochte man erst recht nicht.
Als Schnüff vor dem Metzger stand, hatte er vergessen, was er hätte holen sollen.
«Bekommt ihr Besuch?» fragte Metzger Kapp.
«Ja, Laura und Brenner.»
«Dann gibt es zehn Paar Schweinsbratwürste», sagte Kapp. Ohne Schnüffs Antwort, die aus ‹aha, ja› bestand, abzuwarten, holte er die Bratwürste aus einem großen Kühlschrank.
«Jetzt hab ich nur noch fünf Paar. Was tun wir da?»
Schnüff hob die Schultern. «Können Sie nicht schnell ein paar machen?»
Kapp schüttelte den Kopf. «Samstag abend – nein. Aber Kalbsbratwürste habe ich noch.»
«Schweinsbratwürste sind doch die, die man essen kann, und Kalbsbratwürste sind die mit diesem blassen Zeug drin», sagte Schnüff.
«Das ist fein gehacktes Kalbfleisch», sagte Kapp.
«Ich finde, das ist ein richtiger Scheißdreck!» sagte Schnüff.

«Hoppla! Dafür würdest du zu Hause eine kassieren», sagte Kapp. Seine Stimme hob sich: «Und außerdem ist in meinen Würsten nicht Scheißdreck, *sondern Kalb-, Pferde- oder Schweinefleisch – verstanden!*»
«Ja. Geben Sie mir den Rest von diesen – Würsten», maulte Schnüff, «die sind dann für Max und Laura.»
Nun war Schnüffs Samstagslaune restlos dahin.
Er lieferte die Würste bei Großmutter ab: «Es sind von diesen grauslichen Kalbsbratwürsten dabei, die sind dann für Max und Laura.»
«Du benimmst dich einigermaßen anständig, wenn sie kommen!» sagte Großmutter.
«Anständig? Ich bin fast immer anständig. Der reinste Engel», sagte Schnüff.

Als Schnüff an seinem Zufahrtsweg weiterarbeitete, konnte er nur noch an Laura und ihren Max denken. Laura war das Gegenteil von Großmutter. Sie war nie verheiratet gewesen, hatte trotzdem zwei Kinder gehabt, sie allein großgezogen, und außerdem noch ihren Herrn Brenner ausgehalten. Laura sagte: «Ich habe nie Geld gehabt, aber ich habe uns ordentlich durchgebracht.» Herr Max sagte: «Eigentlich wäre Reichsein etwas sehr Schönes. Früher – das waren noch Zeiten. Da war ich Schweizer Meister im Weltergewichtsboxen und Kantonalmeister im Gewichtheben. Aber heute fehlt der Respekt. Wenn ich zum Beispiel mit meinem Dodge...»

Das sagte er fast jedesmal, wenn man ihn reden ließ. Sein Wagen war tatsächlich ein sehr schöner Dodge, und nie vergaß Herr Brenner zu sagen: «...mit *Weißwand*reifen – das kann sich heute kaum mehr jemand leisten. Außerdem passen *Weißwand*reifen wirklich nicht zu jedem Wagen.»

Alle hörten sich das jeweils mit einem Ohr an, und Laura ärgerte sich über Max und die Weißwandreifen.

Die Handwerker im Dorf kannten Max flüchtig von Geschäften her. Sie sagten übereinstimmend: «Brenner ist der größte Angeber weit und breit. Wenn er das Maul aufmacht, fallen die Männer um und die Weiber in Ohnmacht.«

Ehe sich's Schnüff versah, rollte der Dodge fast lautlos an.

Brenner hatte Glück, daß er den Dodge auf der Straße stehenließ. Schnüff war nämlich mit seiner Arbeit nicht fertig. Wenn Brenner über Schnüffs Weg gefahren wäre – Schnüff durfte nicht daran denken, was er getan hätte. Er dachte zornig: ‹Jetzt wird's gleich heißen: ‹Oh, sieh mal an, der Kleine kann aber kräftig zupacken›, und dann wird mir Laura einen Kuß auf die linke Wange und Brenner einen puddingweichen Händedruck verpassen.›

Als die beiden aus dem Wagen stiegen, sagte Großtante Laura: «Es ist einfach immer wieder schön auf dem Land. Ich vermisse das ungeheuer.»

Herr Max sagte: «Genau, was ich immer sage. Es fehlt uns einfach etwas in der Stadt.»
Dann kamen sie über Schnüffs unfertigen Weg gelaufen, und Großtante Laura sagte:
«Oh, sieh mal an, der Kleine kann aber kräftig zupacken», sie näherte sich Schnüff sehr rasch und drückte ihm einen Kuß auf die linke Wange, und Herr Max reichte ihm eine birnenweiche Hand.
«Du bist ja richtig gewachsen, seit unserem letzten Besuch», sagte Laura.
«So –», sagte Schnüff.
«Ein richtiger kleiner Bengel wird er, das sieht man», sagte Herr Max.
«So –», machte Schnüff.
«Du scheinst heute nicht sehr freundlich gestimmt», sagte Großtante Laura.
«Ihr stört mich!» sagte Schnüff.
Ein bißchen blieb den beiden die Luft schon weg.
Dann kam Herr Brenner tatsächlich zwei Schritte wieder zurück und sagte zu Schnüff, indem er den Kopf wie ein Gockel vorstreckte:
«Soso! – Könntest du das nochmals wiederholen!»
«Max! Laß ihn doch ...» sagte Laura.
«Das Kerlchen sagt: wir stören ihn. – Kannst du das wiederholen!»
«Wozu?» sagte Schnüff.
«Hast du das gehört, Laura! Das Bübchen hat tatsächlich die Frechheit, zu fragen ‹Wozu›!»
«Ich mußte euretwegen zur Metzgerei, und jetzt

werde ich schon wieder unterbrochen. Dieser Weg soll heute fertig werden», sagte Schnüff und hackte weiter.
«Ach was, *keiner* sagt, daß der heute . . .»
Langsam wurde Schnüff ein wenig wütend:
«Es ist mir egal, wer was wem sagt. Wenn ich mir vornehme, den Weg an diesem Samstag fertig zu machen, mache ich ihn fertig, basta.»
Das Basta hatte er von Vater. Aber das genügte Herrn Max offenbar nicht. Die Großtante war klüger, die ging schon ins Haus. Herr Max mußte noch seine Bildung ausbreiten:
«Bernhard! Es ist doch so: Am Samstag läßt man die Woche ausklingen. Da *arbeitet* man doch nicht. Kein Mensch tut das . . .»
«Aber ich», sagte Schnüff. «Und erzählen Sie diesen Quatsch mal meinem Vater oder Onkel Matis!»
Schnüff fühlte, wie sein Kopf rot und heiß wurde. Er erwartete eine Ohrfeige, aber zugleich wußte er, daß keine kommen würde.
«Wir sprechen uns noch», sagte Herr Max und lief Großtante Laura nach.
«Die sagen immer: ‹Wir sprechen uns noch.› Langsam macht mir das kein Bauchweh mehr», murmelte Schnüff.
Er überlegte hin und her:
‹Was habe ich davon, wenn die beiden blitzartig verschwinden? Was haben die andern davon, wenn ich es fertigbringe, die zu vergraulen?›

‹Eigentlich habe ich nichts gegen sie. Aber wenn Brenner mir so kommt›, antwortete ein Schnüff.
‹Es gäbe ein kurzes, heftiges Durcheinander, und dann wären wir sie los›, sagte ein anderer Schnüff.

Schnüff ging in die Scheune. Nach etwa einer halben Stunde machte er sich auf die Suche nach Ernst Kapp. Der war nirgends zu finden. Paul Kapp verflixt nochmal auch nicht, von Rosa keine Spur.
Schnüff ging zu Fred Böhni. Der war ebenfalls verschwunden.
Wer blieb da noch?
Hans Kapp.
Der war natürlich zu Hause. Schnüff klärte ihn über diverse Dinge auf. Hans Kapp war einverstanden, aber Schnüff mußte ihm zwei selbstgefertigte Steinschleudern und – wieder einmal – ein Taschenmesser (mit drei Klingen) versprechen.
Dann ging Schnüff in die Scheune zurück. In dem Korb, mit dem er sonst Holz in die Küche trug, transportierte er etwas auf die Straßenseite des Hauses.
Dann arbeitete er wie verrückt an dem Zufahrtsweg weiter. Als die Mutter zum Nachtessen rief, war der Weg fertig.

Das Nachtessen begann ganz artig. Man befragte sich nach dem gegenseitigen Wohlergehen. Laura lobte ihren Max. Dann lobte sich Max selbst noch

ein bißchen. Großmutter und Matis und Tante Daniela blieben friedlich.
Aber Herr Max konnte sich nicht bezähmen und sagte beim Nachtisch plötzlich: «Bernhard hat mich vorhin recht frech angeschnauzt. Ich weiß nicht, was da zu machen ist.»
«So schlimm war es doch nicht», sagte Großtante Laura.
«Du hättest hören sollen, was er sagte, als du schon um die Ecke warst», sagte Herr Max.
«Schnü-üff!?» sagte die Mutter in einem merkwürdigen Ton, und Schnüff dachte: ‹So drohend klingt das nicht.›
«Ich – Herr Brenner hat mich ...»
Schnüff brauchte nicht weiterzureden. Wie eine Antwort vom Himmel dröhnte hinter dem Haus ein dumpfer Knall.
Schnüff schlug sofort ganz unschuldig die Augen nieder, die andern horchten auf. Da durchfuhr Herrn Brenner eine Erleuchtung:
«Mein Auto!»

Schnüffs Vater und Matis und Laura standen um den Dodge herum. Im Auto drin kauerte Herr Max und versuchte, mit nassen Lappen, weißgraues Zeug von den Sitzen zu putzen. Das Geschmier, das er veranstaltete, war enorm. Laura sagte:
«Wenn du so weitermachst, können wir mit dem Wagen überhaupt nicht mehr fahren. Vielleicht gibt

uns meine Schwester zwei Decken, die wir auf die Sitze legen können. Den Wagen kannst du morgen putzen.»

Die Großmutter kam mit zwei Tüchern und brachte gleich auch Schnüff mit. Von weitem sah man ihm an, daß er sich krampfhaft bemühte, gleichgültig, erstaunt und ganz besonders unschuldig dreinzuschauen.

Als Herr Brenner seine Reinigungsversuche aufgab und aus dem Wagen stieg, sagte er: «Gott sei Dank standen alle Fenster offen, sonst hätte es den Wagen in Stücke zerrissen.» Während er dies sagte, verzog sich sein Gesicht zu ungläubigem Staunen: «Ja – Herrgott – *warum waren denn die Fenster offen!* Ich hatte sie doch geschlossen.»

Die Großmutter sagte fast nebenbei zu Schnüff – und so leise, daß es die andern nicht hören konnten: «Da hast du wieder einmal etwas ganz Besonderes geboten!» Und lauter: «Am liebsten würde ich dich zwei Wochen in den Keller sperren!»

‹Nun übertreibt sie›, dachte Schnüff, ‹sie wäre die letzte, die das aushielte. Überdies könnte sie den Süßmost in den großen Korbflaschen vergessen – ausgetrunken, fertig!›

Schnüff hätte sich die Kellerhaft noch lange ausmalen können, er hätte auch ‹Mississippi› denken oder ganz rasch einschlafen können – denn nun hatte es bei Herrn Max geschaltet – und er wollte sich wahrhaftig auf Schnüff stürzen.

Laura rief: «Max! Jetzt wird nicht geschlagen! Abfahren!»
Und zu Schnüff gewandt und sehr deutlich: «Schnüff! *Du siehst: Wir gehen!*»

«Bernhard, jetzt reden wir ein Wörtchen zusammen», sagte die Großmutter. «Komm mit!»
Sie ging auf die Scheune zu. Schnüff lief mit hängenden Schultern hinterher. Bei ‹Scheune› beschlichen ihn ungemütliche Ahnungen. Nun würde sich Großmutter etwas einfallen lassen.
«Was war das für eine Bombe?» fragte sie.
«Es war keine Bombe. Nur ein Knaller – mit Karbid. Es hätte eigentlich bloß ein bißchen ‹Pflupp› machen sollen und den hinteren Sitz verschmieren.»
«Die Bombe hast du gebaut, nicht wahr!»
«Es war keine Bombe! – Ja, ich habe ihn gebaut.»
«Und wer hat das Ding gezündet?»
Schnüff schwieg.
«Du selber vielleicht – in Gedanken ...» Das tönte schon spöttisch.
«Nein», sagte Schnüff.
«Wer denn?»
«Das sage ich nie. Sonst kommt der auch noch dran!»
«Was heißt ‹drankommen›?»
«Ich werde ja wohl jetzt wieder einmal bestraft ... Keller oder Schläge, was weiß ich ...»
«Gar nichts weißt du», sagte die Großmutter.

«Brauchst auch nicht so tun, als würden wir dich dauernd verhauen. Ich will dir etwas zeigen. – Übrigens hast du Glück gehabt, daß die Wagenfenster offenstanden, sonst müßten wir wahrscheinlich ein neues Auto bezahlen!»
«Ich habe die Fenster extra vorher aufgemacht», sagte Schnüff.

Die Großmutter stieg in der Scheune die Treppe hinauf. ‹Marias Briefe›, ging es Schnüff durch den Kopf.
Richtig, da lagen sie verstreut am Boden. Gut, daß sie gefaltet waren, sonst hätte man alles lesen können. Nur der, den er nicht abgeschickt hatte, weil ihm nichts eingefallen war, lag verkehrt gefaltet da: *‹Liebe Maria›*, stand da. ‹Saublöd und kreuzgenäht›, dachte Schnüff, immer mir müssen solche Katastrophen passieren – immer nur mir!›
Die Großmutter sagte: «Was dächtest du, wenn ich diese Briefe gelesen hätte.»
«Neinn!» sagte Schnüff.
Beide schwiegen. Schnüff hätte sich in der Luft zerreißen mögen.
«Sag etwas!»
«Eine Gemeinheit wäre das!» brach es aus Schnüff heraus.
«Und später, wenn du älter geworden bist: Was wäre, wenn dann jemand diese Briefe läse?»
‹Ist das eine Falle?› dachte Schnüff. Erstaunt sah er

die Großmutter an. «Ich weiß es nicht. Vielleicht wäre es mir egal...»
«Eben», sagte die Großmutter. «Es fällt mir übrigens nicht ein, die Briefe zu lesen. – Nun bring noch Holz in die Küche.»
Schnüff stand da und verstand gar nichts.
«Aber...»
«Ja?»
«Aber was hat das mit Laura und Max und dem Auto zu tun?»
«Gar nichts. – Aber ich hoffe, du verstehst mich.»
«N – nein – ja – doch – vielleicht...» sagte Schnüff.
Großmutter wandte sich zum Gehen. «Übrigens, ich mag Laura. Sie ist nur anders als ich.»
«Aber Max nicht, oder?»
«Doch. Max mag ich auch.»
«Waas!»
«Ja, Max ist nur weniger gescheit als Laura. Er meint, er müsse immer angeben, damit ihn die Leute ernst nehmen. Und er spinnt ein bißchen, wenn es um sein Auto geht. Aber er hat Laura gern. Und Laura hat ihn gern.»
‹Da soll einer drauskommen›, dachte Schnüff. Aber im Grunde verstand er schon. Und in einer Anwandlung von Reue sagte er:
«Ich schäme mich saumäßig!»
«Bring jetzt das Holz in die Küche!» sagte die Großmutter.

«Was fangen wir bloß mit diesem Schlitzohr an!» sagte der Vater laut, als Schnüff mit dem ersten Korb Holz in die Küche trat.
«Das ist erledigt», sagte Großmutter.
«Dann ißt er wenigstens die Kalbsbratwürste auf», sagte Daniela.

Der fünfte Brief

Rosa brachte Schnüff am Mittag einen Brief von Maria. Rosa sagte: «So wie ich das sehe, steht nichts Lustiges drin.»
«Habt ihr darüber geredet?» fragte Schnüff.
«Natürlich nicht. Ich habe es Maria angesehen.»
Schnüff ging schleunig nach Hause, in die Scheune.

Lieber Bernhard,
es ist ja sehr gut, daß ihr mit Leni an die frische Luft geht und mit ihr spielt. Auch Eure Besuche sind gut, ob Ihr zusammen kommt oder einzeln. Es geht Leni ein wenig besser, sagt der Arzt.
Ich mag es Leni auch gönnen, daß es ihr besser geht, nichts wünsche ich mehr als das.
Es ist nur so, daß es mir in der letzten Zeit immer mehr weh tut, alles. Wenn ich tue, als ob nichts wäre, wenn Du kommst, dann ist das gespielt. Ich habe hinterher schon geheult. Aber ich weiß nicht einmal, wo heulen. In der Stube nicht, weil Mutter dann sofort eine Geschichte draus macht, und in unserem Zimmer erst recht nicht, dann hört es Leni.
Es ist alles so schwierig.
Ich kann nicht einmal mehr richtig lachen, wenn es etwas zu lachen gibt.

Wenn ich dich sehe in der Käserei, und wir reden zusammen, bist du vielleicht lustig. Ich lache mit, aber am liebsten würde ich losheulen.
Irgendwie muß ich es Dir doch sagen.
Ich glaube nämlich, daß Dich Leni noch besser mag als ich. Aber sie sagt nichts. Und ich bin zu stolz, um sie zu fragen. Ich habe gesehen, wie Ihr Euch anschaut, und das ist dann wie ein Messer in meinem Bauch.
Leider muß ich immer noch in die Käserei. Aber ich möchte nicht mehr, daß wir zusammen reden.
Einen Gruß von Maria

Jetzt hatte Schnüff auch einen Stein im Bauch – einen großen.
Im Kopf ging er alle Freunde durch, mit denen er vielleicht hätte sprechen können. Aber niemand paßte ihm, und von den Erwachsenen schon gar keiner.
‹Und überhaupt›, dachte Schnüff, ‹über so was kann man nicht reden. Ich weiß ja selber nicht, wo mir der Kopf steht, wenn ich Maria und Leni sehe. Da ist es mit Rosa leichter, die ist groß und stark und wie eine Schwester, oder wie ein Freund.›
Aber dann fiel ihm ein, daß auch Rosa einen roten Kopf kriegte, wenn sie ihm Briefe von Maria brachte, oder wenn sie Leni besuchten. Hoffentlich merkte sie nicht, daß er sie im geheimen manchmal ein wenig beobachtete.

Schnüff seufzte. Er faltete den Brief zusammen, öffnete ihn wieder, strich über das Papier, steckte es dann in die Tasche.
‹Ich muß etwas tun›, dachte Schnüff. ‹Holzhacken, oder Gemüsebeete umgraben oder – den Hühnerstall ausmisten.›
Der Hühnerstall war das Schlimmste von allem.
Er hielt einen Augenblick die Luft an und rannte dann aus der Scheune.
Mit lautem Geschrei trieb er die Hühner aus dem Stall in den Hof hinaus.

Napoleon

Ausgerechnet Arno Held fing von Napoleon an. Vor der Schule erzählte er Paul Kapp, Ernst, Schnüff und Fred Böhni von dem großen Feldherrn, der ein kleiner Mann gewesen war und die halbe Welt beherrscht hatte. In Büchern und Illustrierten sah man ihn ab und zu abgebildet. Er trug diesen komischen Querhut und hatte immer eine Hand vorne in die Jacke gesteckt.

Arno Held sagte: «Das wäre etwas für uns: Napoleon spielen. Der hat nur mit Köpfchen ganze Armeen beherrscht und alle Schlachten gewonnen.»

«Ausgerechnet der größte Hasenfuß von Europa kommt uns mit Krieg. Bei unseren Bergkriegen kannst du nicht einmal das Hebammenköfferchen tragen», sagte Schnüff.

«Wir könnten ja die Grimm fragen, was sie von Herrn Napoleon hält», sagte Fred, der nicht gern Streit hatte.

Fräulein Grimm sagte: Da muß ich zuerst im Lexikon nachsehen. Ich weiß natürlich, wer Napoleon war, aber euch das kurz zu erklären, ist nicht einfach.

Am nächsten Tag brachte sie eine große Landkarte:

«Das ist eine Karte von Europa. Napoleon ist auf der Insel Korsika, hier im Mittelmeer, geboren. Dann wurde er in Frankreich Militär und brachte es bis zum General...»

«Sieht wie eine Laus aus, Korsika auf der Karte», sagte Ernst.

«Dann hat Napoleon in Frankreich alle Macht an sich gerissen und wurde eine Art Diktator.»

«Was ist ein Diktator?» fragte Hans Silbermann.

«Kannst du jeden Tag im Radio hören», sagte Rosa.

«Ich weiß es trotzdem nicht.»

«Das ist jemand, der in einem Staat über alles befiehlt, und alle müssen einem einzigen Mann gehorchen.»

«Sind auch Frauen Diktatoren?« fragte Hans.

«Im Moment fällt mir keine ein. Meistens sind es Männer. Dann hat also Napoleon Krieg angefangen mit England und Österreich und Deutschland und Italien.»

«Und immer hat er gewonnen», sagte Arno Held.

«Er ist bis Moskau gekommen...»

«Das ist aber weit von Frankreich...», sagte Rosa.

«Eben, diese Strecke wurde ihm zum Verhängnis. Er erhielt keinen Nachschub. Seine Armee hat ganze Länder leergegessen, dann wurde es Winter und eisig kalt, und beim Rückzug wurde Napoleons Armee total aufgerieben...»

«Wie geht das?» wollte Hannes Rauti wissen.

«Wenn man keine Waffen und nichts mehr zu Essen

und zu Trinken hat, wenn man krank ist, mit erfrorenen Zehen und Fingern, kann man sich auch nicht mehr wehren. Die Leute starben zu Tausenden, oder sie wurden vom Feind getötet. Sie erfroren oder verhungerten. Am Schluß, als Napoleon nach Frankreich zurückkehrte, war von der großen Armee nichts übrig.»

«Nur noch Napoleon allein?»

«Und ein paar andere, die Glück gehabt hatten – jedenfalls hat Napoleon dann mit neuen Armeen neue Kriege geführt. Von denen ging einer nach dem andern verloren ...»

«Woher nahm er einfach neue Armeen?»

«Die Leute wurden mit Geld in ganz Europa angeworben. Krieger war ein Beruf.»

«Wieviel verdiente so ein Krieger?» fragte Arno.

«Das weiß ich nicht.»

«Etwa so viel wie ein Autospengler?» fragte Heinz Silbermann.

«Ich kann's euch wirklich nicht sagen. Manchmal erhielten sie nicht einmal das Essen, und manchmal hatten sie ein wenig Geld ...»

«Aber das nützte ihnen ja nichts, wenn sie tot waren», sagte Schnüff. «Ich würde das Geld sofort ausgeben – bevor ich getötet würde.»

«So ungefähr haben die Soldaten auch gelebt. Sie haben sich gesagt: Heute leben wir noch, und morgen sind wir vielleicht tot – also, Napoleon hat eine Schlacht um die andere verloren, er wurde als

Kaiser abgesetzt und nach Elba – diese Insel liegt hier, nicht weit von Korsika entfernt – verbannt...»
«Was ist verbannt?» fragte Paul Kapp.
»Wenn jemand sagt: Hier, in diesem Dorf oder auf diesem kleinen Fleck Land darfst du leben. Du darfst nicht weg von hier, du darfst dies und dies nicht tun, und du *kannst* auch nicht weg – so ungefähr.»
«Also ein großes Gefängnis?» sagte Schnüff.
«Ja – und dann wurde Napoleon nochmals Diktator in Paris, aber nur für kurze Zeit. Dann wurde er wieder verbannt, auf eine winzige Insel im atlantischen Ozean, das ist nicht auf unserer Karte, das wäre von euch aus links unten im Meer. Und dort starb er 1821. Wenn es euch interessiert, könnt ihr mein Buch ansehen.»
«Sind viele Leute draufgegangen bei diesen Kriegen?» fragte Rosa.
«Millionen. Das kann sich gar kein Mensch vorstellen...»
«Alles nur wegen Napoleon?» fragte Schnüff.
«Eigentlich schon. Wenn Napoleon nicht gewesen wäre, hätte es wahrscheinlich andere Kriege gegeben, das weiß niemand.»
«Aber einer allein kann doch keinen Krieg machen. Da müssen doch alle einverstanden sein – wie bei uns, beim Bergkrieg», sagte Ernst.
Fräulein Grimm sah ein, daß das Thema so nie enden würde. Die Kinder würden weiter fragen. Sie sagte:

«Das ist eben so: Napoleon baute sich eine Macht auf. Er konnte sehr gut befehlen. Er war intelligent, und er konnte gut mit großen Herren umgehen. Natürlich könnt ihr seine Kriege und euren Bergkrieg nicht vergleichen. Ihr zum Beispiel, ihr *spielt* nur Bergkrieg...»

Das hätte sie nicht sagen sollen.

Nun meldete sich Fred Böhni: «Haben Sie eine Ahnung! Paul Wittwer hatte immerhin keine Haare mehr, und einmal haben wir vergessen, zwei von den Bäumen loszubinden. Am nächsten Morgen wären die verhungert gewesen, und all das kaputte Zeug und die Beulen und Schrammen und zerrissenen Hosen, und vielleicht habe ich dort auch einen Zahn verloren...» So lange an einem Stück hatte man Fred in der Schule noch nie reden hören.

«Es ist trotzdem nicht dasselbe. Ihr schlagt euch ja nicht tot, ihr verwüstet nicht ganze Länder und ermordet keine Männer und Frauen und Kinder. Es sind nicht alle Städte und Dörfer kaputt, wenn euer Bergkrieg zu Ende ist; es müssen nicht Leute verhungern und erfrieren, sie müssen nicht ganze Länder wieder neu aufbauen.»

«So schlimm ist es nicht bei uns», sagte Fred. «Es ist ja auch verboten, Leute umzubringen, und freiwillig tut man es nicht. Aber warum durfte es denn der Napoleon? Bei uns käme so einer nicht weit.»

«Die Schweiz war auch besiegt und von Franzosen besetzt. – Aber warum Napoleon hat machen können, was er wollte – das kann ich euch auch nicht erklären. Vielleicht kann das niemand. Oder man kann es erklären, aber es gibt viele tausend Erklärungen – viele sind richtig, aber sie nützen gar nichts. – Und jetzt müssen wir das Thema abschließen, wir haben noch Rechnen und Singen.»

Mit Rechnen und Singen war Napoleon nicht aus den Köpfen der Kinder zu bringen.
Arno sagte: «Ich habe euch ja gesagt: das ist eine Sache, die versteht ihr nicht.»
«Und was hast *du* verstanden?» fragte Schnüff.
«Es gibt eben Leute, die kapieren etwas. Und es gibt einen Haufen Leute, die kapieren gar nichts!»
Da wurde Schnüff wütend. «Das sagt doch nur dein Alter! Du meinst, wenn wir deinen idiotischen Napoleon nicht begreifen, begreifen wir auch nichts anderes! Du bist zwar unser Klugscheißer, aber bald vermute ich, daß du alles nur nachplapperst ...»
Es hätte die geringste Bemerkung von Arno gebraucht, und Schnüff hätte sich auf ihn gestürzt. Aber offenbar spürte Arno das. Er schlug deshalb versöhnlich vor:
«Schnüff könnte doch Napoleon spielen, und wir gehorchen ihm.»

In den nächsten beiden Stunden war Zeichnen. Schnüff überlegte die ganze Zeit: ‹Napoleon war doch der Größte. Es wäre vielleicht nicht schlecht, selber auch einmal der Größte zu sein. Alle müßten tun, was man sagt. Es gäbe keine Widerrede und kein Durcheinander. Man könnte die, welche man nicht mochte, einmal richtig drannehmen. Die, die man mochte, könnte man belohnen. Und – niemand hatte etwas gegen Arnos Vorschlag gesagt.›

Das beschäftigte ihn so, daß er Fräulein Grimm noch in der Zeichenstunde fragte:

«Dann geben mir also die andern etwas, das ich nicht habe, wenn sie sagen, ich soll ihr Napoleon sein?»

«So ungefähr. Wenn du nun Ernst und Paul und Arno weisgemacht hättest, nur du und kein anderer müsse ihr Napoleon sein, wäre das noch deutlicher. Und wenn sie dann sagen: Du kannst über uns befehlen, wir tun alles für dich – kannst du mit diesen vier schon Macht ausüben. Wenn du dafür sorgst, daß stets noch mehr dazukommen, wird deine Macht immer größer. Und immer weniger Leute könnten dir widerstehen», sagte Fräulein Grimm.

Das war schon ein Zeug, das man sich überlegen mußte. So leicht konnte man vielleicht nie wieder Napoleon werden. Und so, wie Schnüff es einschätzte, wären zumindest Hannes und Ernst gern Napoleon geworden, und Rosa wäre auch in Frage gekommen.

Aber irgend etwas paßte Schnüff nicht an der ganzen Sache. Irgend etwas hinderte ihn. Und als dann die

andern sagten: «Entscheide dich endlich», sagte Schnüff einfach: «Nein, danke. Ich werde nicht euer Napoleon.»
«Dann bestimmen wir einen andern – Hannes vielleicht», sagte Arno, der unbedingt seinen Napoleon haben wollte.
Hannes ließ sich nicht lange bitten. Das war eine Sache, die auf ihn gewartet hatte.
«Zuerst brauchen wir einen Gegner», sagte er. Das war rasch gesagt. Da mußte man schon die im Nachbardorf fragen, ob sie Gegner spielen wollten. Denn Dörfler gegen Rotbächler – das war für Napoleon zu klein.
Hannes teilte Ottigen in seine Herrschaft ein.
Schnüff ernannte er immerhin zum General. Deren gab es nur zwei; der andere war Ernst Kapp.
Am nächsten Tag sagte Hannes zu Schnüff: «Ich befehle dir, mit deinem Heer Kiesstadt einzunehmen. Die Menschen läßt du töten, und das Gold bringst du mir – verstanden?»
«Nein», sagte Schnüff.
«Was Nein? – Ich befehle es dir! Du hast mir zu gehorchen», sagte Hannes.
«Ich lasse die Leute von Kiesstadt nicht töten. Überhaupt hast du genug Gold.»
«Ich will mehr. Alles will ich», sagte Hannes in übertriebenem Ton. «Und du hast zu gehorchen!»
Schnüff ödete dieses Napoleon-Getue an.
Er sagte: «Nichts nehme ich ein. Ich lasse keine

Leute töten, du kriegst kein Gold. Du hast mir überhaupt nichts zu befehlen ...»
«Ich lasse dich hinrichten», sagte Hannes.
«Bevor du mich hinrichten läßt, mache ich dich zur Schnecke, du Mustersendung du ...»
Hannes meinte es langsam auch ernst; er sah sein Spiel gefährdet. Und dann würde es heißen, ‹der Hannes konnte nicht einmal Napoleon sein›. Also schrie er Schnüff an: «Gehorchst du mir, oder soll ich dich ...»
«Blas mir in die Schuh», sagte Schnüff. Er wollte gehen.
Aber so billig kam er nicht davon. Arno versperrte ihm den Weg, und Hannes packte ihn am Kragen.
«Spielst du mit oder nicht?»
«Ich will überhaupt nicht spielen. Ich will nach Hause. Arno soll seinen dämlichen Napoleon mit seinen Schwestern aufführen ...»
Blitzartig entstand eine wüste Keilerei. Jeder hieb auf jeden ein, auch die Mädchen wurden in den Wirbel hineingezogen.
Wahrscheinlich hätte es eine ernsthafte, blutige Schlacht gegeben, wenn nicht Lehrer Kaspar plötzlich aufgetaucht wäre. Unüberhörbar laut empfahl er denen, die nicht sofort aufhörten, einen Nachmittag lang Nachsitzen.
Maulend lösten sich die Schläger voneinander.

Herr Knopf ist fortgegangen

Es war ein ganz gewöhnliches Abendessen. Es gab Kartoffeln, ein wenig Rauchwurst, Salat, Milchkaffee und Brot.
Schnüffs Vater füllte sich gerade den Teller zum zweitenmal, da schaute Herr Knopf auf, legte den Kaffeelöffel, mit dem er wieder einmal Brotstücke getunkt hatte, neben den Teller. Er sah alle der Reihe nach an. Als sein Blick bei der Großmutter angekommen war, sagte er:
«Ich gehe nicht ins Spital. Nie!»
«Ist es sehr schlimm mit den Schmerzen?» fragte Großmutter. Herr Knopf nickte schwach: «Furchtbar. Es zerreißt mich. Von innen her.»
Vater sagte: «Im Spital könnten sie Ihnen helfen. Sie würden Ihnen Spritzen geben und das Wasser abziehen. Ich weiß, Sie wollen nicht, aber ich rufe den Arzt.»
«Nur für einen Hausbesuch», sagte Herr Knopf. «Er soll mir eine Spritze geben und das Wasser abziehen.»
«Das schmerzt aber: Der Arzt führt Ihnen eine Sonde ein, bis in die Blase hinauf, dann kann das Wasser abfließen. Aber das sollte man zwei- bis dreimal am Tag machen ...»

«Könnt ihr das nicht nach dem Essen besprechen!» sagte Josef.
«Es geht um Herrn Knopf», sagte die Großmutter.
«Ich weiß doch, was der Arzt macht», sagte Herr Knopf. Er ließ den Kopf bis fast auf den Teller hängen. Schnüff dachte, ‹wenn er solche Schmerzen hat...› Er sagte: «Ich würde Sie auch jeden Tag im Spital besuchen.»
«Ich gehe nicht ins Spital. Versprecht es mir. Ich will nicht im Spital sterben!» Er versuchte aufzustehen. Josef und Matis halfen ihm. «Wollen Sie sich hier aufs Sofa legen, oder sollen wir Sie in Ihr Zimmer tragen?»
«Ins Zimmer», sagte Herr Knopf, «die Krücken sind oben.»
Der Vater rief den Arzt an.

Als Doktor Balz sich in der Küche die Hände wusch, sagte er: «Er muß ins Spital. Das Gift geht ins Blut.»
«Er geht nicht ins Spital», sagte die Mutter.
«Ich kann die Verantwortung nicht mehr übernehmen. Morgen nachmittag lasse ich ihn abholen», sagte Balz.
«Er kommt nicht ins Spital», sagte die Großmutter.

Schnüff stürmte am nächsten Mittag in die Küche und wollte die Schultasche in die gewohnte Ecke schmeißen. Nach dem Essen würde er Großmutter fragen, ob ... ‹Etwas ist merkwürdig›, schoß es ihm durch den Kopf. Er trat in die Stube.

Sonst saßen alle meist schon am Tisch, wenn er nach Hause kam. Diesmal waren nur Großmutter und Daniela da. Das Essen stand vor ihnen.

«Was ist los?» fragte Schnüff.

«Herr Knopf ist fortgegangen», sagte die Großmutter.

Schnüff konnte fast nicht schlucken. Alles krampfte sich in ihm zusammen. «Was heißt das – fortgegangen?»

«Deine Mutter, Josef und Matis suchen ihn. Heute morgen kam er nicht zum Frühstück, und als wir nach ihm sahen, war er weg.»

«Wer hat ihn geholt?»

«Er ist selber weggegangen. Auf dem Nachttisch lag dieser Brief.»

«Steht da drin, wohin er gegangen ist, und warum?» Schnüffs Hals schnürte sich immer stärker zu.

«Nein, nichts.»

«Was steht denn in dem Brief?»

«Später», sagte die Großmutter. «Iß jetzt.»

«Ich helfe suchen», sagte Schnüff und wollte gleich wegrennen.

«Du weißt nicht mehr als die andern. Und die suchen schon den ganzen Vormittag.»

«Weit kann er doch nicht gekommen sein, mit den Krücken.»

«Setz dich», sagte die Großmutter, «du kannst beim

Essen nachdenken. Die Krücken sind oben, er hat nur den Stock bei sich.»

«Aber ich ...»

«Nein, du ißt zuerst! Wenn du schon helfen willst, wird zuerst gedacht und dann gerannt.»

Daniela ging hinaus. ‹Gut›, dachte Schnüff, ‹dann kann ich mit Großmutter allein nachdenken.›

«Er konnte doch schon lange nicht mehr aufrecht gehen wegen den Schmerzen, nur noch mit Krükken», sagte Schnüff, während er hastig die Suppe löffelte.

«Durch die Spritze von gestern abend hatte er wahrscheinlich weniger Schmerzen.»

«Wo haben sie schon gesucht?»

«Im ganzen Haus, vom Estrich bis in den Keller, in den drei Scheunen, auf dem Heuboden, in den Ställen – und dasselbe bei den Nachbarn. Jetzt sind sie zum Berg gefahren.»

«Denkst du, er hat Selbstmord gemacht?» fragte Schnüff.

«Ich glaube nicht. Er ging fort. Zum Sterben. Es gibt Tiere, die verkriechen sich irgendwo, wenn sie spüren, daß sie sterben.»

«Spürt man das?» fragte Schnüff.

«Ich denke, es gibt Menschen, die das spüren. Vielleicht ist es so, daß in einem langsam alles erlischt. Und dann die Schmerzen ...»

«Wohin verkriechen sich Tiere, die sterben wollen?»

«Ich weiß nicht. Ich nehme an, in ein Gebüsch, oder

in eine Höhle, oder unter Häuser – irgendwohin, wo sie niemand findet.»

«Könnte Herr Knopf nicht auch so gedacht haben wie ein Tier?» fragte Schnüff.

«Nicht nur Tiere denken so.»

«Du auch?»

«Das ist jetzt nicht die Frage», sagte die Großmutter.

«Darum wollte er nicht ins Spital, weil man sich dort nicht verkriechen kann zum Sterben», sagte Schnüff.

Josef und Schnüffs Mutter kamen zurück. «Nichts, keine Spur. Und kein Mensch hat ihn gesehen. Wir haben im ganzen Dorf gefragt.»

«Ich finde ihn», sagte Schnüff.

«Wo denn – hast du eine Ahnung? Hat er irgendeinmal etwas gesagt?»

«Es könnte sein, aber ich hab's vergessen», sagte Schnüff. «Verkriecht man sich vielleicht an einem Ort, an dem man gern ist?»

«Wenn jemand so krank und schwach ist, hat er keine große Auswahl», sagte Matis.

«Habt ihr schon am Rotbach gesucht?»

«Das ist viel zu weit für Herrn Knopf – aber wir waren schon dort.»

«Aber bis zum Kiesbach wäre er vielleicht gekommen. Das hat er im Frühjahr noch geschafft», sagte die Mutter.

«Matis war dort schon.»

«Und unten bei den Weiden – die hat er doch letztes Jahr noch selber geschnitten. Dort hatte er einen Zusammenbruch.»
«Da war Matis auch.»
«Wenn wir nur die geringste Ahnung hätten. – Was steht denn eigentlich in dem Brief?» fragte die Mutter.
Die Großmutter sagte: «Es hat mit der Suche nichts zu tun. Ich sag es euch später.»
«Da sitzt man und denkt hierhin und dorthin, und es kommt nichts zurück», sagte Matis.
‹Das ist wie bei den Fledermäusen, aber bei denen kommt ein Ton zurück›, dachte Schnüff. ‹Fledermäuse! Vielleicht war Herr Knopf im Keller bei seinen Fledermäusen, die er früher mit selbstgefangenen Mücken gefüttert hatte, und über die er so viel wußte.›
«Habt ihr im Keller, wo die Fledermäuse sind, gesucht?»
«Auch dort», sagte Josef, «aber wir können noch einmal nachsehen, kommst du mit?»
Eigentlich hatte Schnüff Angst, daß *er* es sein könnte, der den toten Herrn Knopf finden würde. Daß Herr Knopf tot sei, war für Schnüff sicher.
Alle Keller wurden nochmals durchsucht. Keine Spur.
‹Fledermäuse, Fledermäuse.› Der Gedanke, daß Herr Knopf zu «seinen» Fledermäusen gegangen war, ließ Schnüff nicht los.

«Du könntest recht haben», sagte die Mutter. «Gibt es sonst noch irgendwo Fledermäuse?»
«Im Estrich, im Holzschuppen, in den Balken über dem Getreide, bei Kapps neben dem Pferdestall, bei Ernst Kapp im Heuschober.»
«Er ist sicher nicht zu einem Haus gegangen, das nicht zu uns gehört», sagte die Großmutter.
«Vielleicht ist er doch bis zum Kiesbach gelaufen, dort gibt es auch Fledermäuse. Ich kenne zwei Plätze», sagte Schnüff.
«Zeigst du sie mir?» fragte Matis.
«Am Stauwehr und in der Biegung, dort wo die Flußhütte war», sagte Schnüff. Insgeheim hoffte er fast, daß Onkel Matis mit jemand anderem zum Kiesbach ging.
«Was hast du?» fragte Matis. «Beim Stauwehr habe ich schon nachgeschaut.»
Schnüff saß da und sah zum Fenster hinaus. Plötzlich war ihm der Gedanke im Kopf: ‹Wohin würde *ich* gehen, wenn *ich* mich verkriechen wollte. So, daß sie mich nicht sofort finden, aber vielleicht später ...›
Ganz langsam stand Schnüff auf – das Zeichen, daß er mit Matis zum Kiesbach gehen würde.
‹Aber ganz langsam. Herr Knopf könnte noch nicht gestorben sein. Wir könnten ihn beim Sterben stören›, dachte Schnüff. Leise sagte er: «Wir gehen zuerst zum Stauwehr.»

Draußen trat der alte Feldmann vors Haus und rief: «Habt ihr ihn immer noch nicht gefunden?»
«Nein», sagte Matis.
«Der ist wahrscheinlich direkt in den Himmel», rief der alte Feldmann.
Matis sagte nichts darauf.
Als sie beim Stauwehr standen, fragte Matis: «Wo sind nun deine Fledermäuse?»
«Es sind nicht meine, und ich habe sie nur abends gesehen.»
Matis sagte: «Nichts, nirgends, nichts!»
«Weißt du noch», sagte Schnüff, «wo ich die Waffen versteckt hatte, bei der Flußhütte?»
Sie gingen den Bach entlang. «Das ist auf der andern Seite», sagte Matis.
«Ja, wir müssen über die Brücke und dann durch Kapps Land.»
Je näher sie der Biegung kamen, desto sicherer war Schnüff: ‹Dort ist er. Im Wurzelwerk der großen Esche.› Das Hochwasser vom Frühjahr hatte Kies herausgeschwemmt und den riesigen Wurzelstock zur Hälfte freigelegt. Es sah aus wie eine Höhle, deren Eingang von Baumwurzeln verschlossen war. Schnüff wußte nicht, warum er spürte, daß Herr Knopf dort war. Beinah kam er sich selber wie eine Fledermaus vor: Einen Ton aussenden und einen empfangen.
Er wagte nicht, mit Matis die Uferböschung hinunterzusteigen.

Er wartete oben darauf, daß Matis sagen würde: ‹Hier ist er.›
Er beobachtete Matis genau: Drei, vier Schritte bis zur Höhlung. Matis bückte sich. Dann ging etwas wie ein Zucken über seinen breiten Rücken, und langsam kam sein Kopf wieder hoch. Er sah Schnüff ein paar Sekunden an. Dann sagte er: «Hier ist er.»
Schnüff stieg wie im Traum die Böschung hinunter. Zuerst sah er Herrn Knopfs Schuhe – die Schuhe, die er allein doch fast nicht hatte anziehen können.
Als ob er sich hingesetzt hätte und dann vom Schlaf oder vom Tod überrascht worden wäre, lehnte Herr Knopf an der hinteren Wand des Wurzelgehäuses.

Man hatte Herrn Knopf in sein Bett gelegt.
«Ich halte mit Großmutter die Totenwache», sagte der Vater.
Die Großmutter sagte: «Vorher will ich euch noch den Brief zeigen.» Herr Knopfs Brief ging von Hand zu Hand.
Schnüff bekam ihn zuletzt.

Eh bien. Adieu alle.
Danke, daß ich bei Euch sein konnte.
A. Knopf

Schnüff bekam heiße Augen. Er wußte nicht, wohin er den Brief legen sollte.
«Gib ihn mir», sagte die Großmutter.

Ein kleines Gespräch

Schnüff war nicht sehr gesprächig, als ihn Maria und Rosa vor der Molkerei anhielten. Er hatte am Nachmittag einige Stunden Totenwache bei Herrn Knopf gehalten; am nächsten Tag würde die Beerdigung sein. Schnüff fürchtete sich vor der Beerdigung. Es würden Leute aus dem Dorf und viele Verwandte kommen. Schnüff hätte Herrn Knopf am liebsten allein zum Friedhof gebracht.

Rosa sagte: «Du Schnüff», dann machte sie eine kleine Pause, «Karin aus Hamburg hat uns geschrieben.» Rosa machte wieder eine merkwürdige Pause.

Schnüff sagte:

«So? Was schreibt sie?»

«Daß sie auf der Insel Sylt in den Ferien war, und so. Und über dich: daß du ihr nie schreibst, und daß ... daß sie dich gut mag.»

Die Art, wie Rosa das betonte, kam Schnüff merkwürdig vor.

«Was habt ihr sonst noch?» fragte er herausfordernd und sah dabei Maria ins Gesicht.

«Rosa und ich möchten endlich wissen, wen du von uns am besten magst!» Dann sah sie weg, und Rosa fügte an: «Ja, mich, oder Maria, oder Leni oder Karin!»

Für Schnüff kam alles so unverhofft, er wußte nicht, was antworten. Daß ausgerechnet Rosa ihn das fragte.

«Ich – ich weiß doch nicht, wen ... Ich habe darüber nie nachgedacht, ich ...»

«Wir wollen es aber jetzt wissen!» rief Maria. Sie schien zornig und doch nicht zornig.

«Die Leni haben ich und Fred doch nur zwei-, dreimal ausgeführt. Und du, Rosa, warst sogar einmal dabei. Seither habe ich sie gar nicht mehr gesehen!» sagte Schnüff, und es klang wie eine Verteidigung.

«Das weiß ich auch», sagte Rosa. «Und trotzdem wirst du verlegen.»

«Wenn du auch solche Sachen fragst», sagte Schnüff. «Warum wollt ihr das überhaupt wissen?»

Die beiden Mädchen sahen sich an. Schnüff suchte verzweifelt einen Ausweg aus diesem plötzlichen Durcheinander. Dann sagte er:

«Ich weiß es wirklich nicht. Vorgestern ist Herr Knopf gestorben, heute nachmittag habe ich Totenwache gehalten.»

«Ach so», sagte Rosa, «daran habe ich nicht gedacht. Ist morgen die Beerdigung?»

«Ja. Sie ist mir fürchterlich zuwider!»

«Warum?» sagte Maria.

«Alle die Leute. Und keinem tut es wirklich leid.»

«Aber Herr Knopf war doch sehr alt», sagte Maria.

«Ja», sagte Schnüff.

«Und er war doch sehr krank», sagte Rosa.
«Ja», sagte Schnüff, «das hätte niemand sonst ausgehalten.»
«Er wollte ja nicht ins Spital», sagte Rosa.
«Ich ginge auch nicht ins Spital, auch wenn ich krepieren würde», sagte Schnüff.
Er merkte, daß ihn Rosa und Maria plötzlich anders ansahen. Nicht mehr so hilflos und hart. ‹Gleich wollen sie mir noch helfen›, fuhr es ihm durch den Kopf. Er packte seinen Milchkarren und sagte: «Ich muß nach Hause, ich habe noch viel zu tun.»
«Tschau», sagte Rosa.
«Tschau», sagte Maria.

Ein Brief von Karin

Lieber Bernhard,
heute fiel es mir wieder ein, zum hunderttausendsten Mal. Du antwortest überhaupt nie, und ich denke jeden Tag daran, wie ich damals um vier Uhr im kleinen Bahnhof angekommen bin, und Du hast mich abgeholt, und dann sind wir zusammen Jeep gefahren – und Du natürlich in den Bach.
Rosa und Maria schreiben mir wenigstens. Aber Du – nichts, kein Ton.
Hast Du mich vielleicht vergessen? Dann sag es mir doch, Du brauchst nur eine Postkarte zu schreiben mit Ja oder Nein drauf.
Wenn Nein drauf steht, dann weiß ich, daß Du vielleicht nächstes Jahr nach Hamburg kommst. Aber ich denke, eher komme ich wieder nach Ottigen als Du hierher.
Von Rosa und Maria weiß ich, daß Dein Bein und Dein Kopf längst wieder heil sind. Du hast also keine Ausrede.

Mit herzlichen Grüßen
von Karin

Schnüff stand am Scheunenfenster und sah auf den Hühnerhof hinunter. Wenn er sich bewegte, kni-

sterte der Brief in der Hosentasche. Schnüff hatte ihn viermal gelesen. Irgendwie bedrückte er ihn immer mehr.
‹Jetzt ist Karin sauer›, dachte er. ‹Das kommt davon, wenn man verunglückt. Diese verdammte Lambretta.›
Aber Schnüff wußte, daß nicht die Lambretta schuld daran war, daß er Karin nicht mehr geschrieben hatte. Langsam tauchten nacheinander die Gesichter und Stimmen von Rosa, Maria und Leni auf.
Schnüff sah zwar den Hühnerhof, aber die drei Mädchen sah er deutlicher. Nur ganz kurz und undeutlich wie hinter Milchglas tauchte Karin dazwischen auf, ihr hellbraunes Wuschelhaar, ihr rundes Gesicht, und dünner als vor einem Jahr war sie auch nicht geworden. Aber fast hörte er ihr helles Lachen.
«Schnüff!»
Au, das tönte gar nicht freundlich. Das war die Mutter. Sie wollte in der Küche Feuer machen und hatte noch immer kein Holz.
‹Nicht einmal über Karin nachdenken kann man in Ruhe›, dachte Schnüff. Mürrisch warf er Holzscheite in den Korb. Dann trug er ihn in die Küche.

«Wenn ich du wäre,

würde ich mir komisch vorkommen, sehr komisch», sagte Schnüff zu Rosa.
«Stell dir vor, ich müßte eine ganze Woche du sein, das wäre zum Steinefressen», sagte Rosa zu Schnüff.
«Also, wenn ich dich spielen müßte, in einem Film oder in einem Theaterstück, ich glaube, ich wäre lieber der Wolf, der sieben Ziegen auf einmal verschlingt», sagte Schnüff.
«Ich würde kopfvoran durch den Gotthard rennen», sagte Rosa.
– Dann trat Stille ein. Den beiden waren die Sprüche ausgegangen.
Sie waren beim Einkaufen. Das dauerte schon seine Zeit. Da half alles Schimpfen und Drohen und Verzweifeln der Erwachsenen nichts. Wer sie zum Einkaufen schickte, mußte wissen, was ihm bevorstand.
Nämlich stundenlang gar nichts.
Rosa und Schnüff waren sich vor der Tür zur Bäckerei begegnet.
«Gehst du schon nach Hause?» fragte Schnüff.
«Wo denkst du hin – die würden sich dran gewöhnen. Vielleicht gehe ich noch zu der Fretz.»
«Hast du Geld?»

«Fünfzig Rappen. Das reicht für einen John Kling, der ist für Paul.»
«Wenn du mir den nächste Woche zu lesen gibst, kannst du meinen lesen.»
«Gut.»
Schnüff schaute sich ausführlich um, dann lehnte er das Fahrrad an den Gartenzaun. Er entnahm dem Werkzeugtäschchen den Mutternschlüssel, löste die Schraube unter dem Sattel, drehte den Sattel heraus und zog aus dem Rohr ein gerolltes Heft. Dann drehte er den Sattel wieder ein, zog die Schraube an, tat den Mutternschlüssel ins Täschchen zurück. Er gab Rosa das Heft und sagte: «Hier: John Kling, Der letzte Schuß, das kennt ihr garantiert nicht. Hab ich von Silbermanns, die haben einen richtigen Laden aufgetan. Aber wenn jemand dahinterkommt, fliegen die garantiert zu dritt aus der Schule.»
«Ich glaube, da müßten sie Schlimmeres anstellen. Aber das mit dem Sattelrohr ist *raffiniert.*»
«Das sicherste Versteck der Welt», sagte Schnüff. «Früher hatte ich auch Zigaretten drin. Aber jetzt rauche ich ja nicht mehr.» Schnüff kam sich gut vor. «Du nimmst einen dünnen Stock, der nicht ganz so lang ist wie die Innenseite des Rohrs. Dann verteilst du in gleicher Höhe fünf Zigaretten um den Stock herum, ein Gummiband um das Ganze, und so kannst du ein Päckchen mühelos verstecken. Wenn du den Stock herausziehst – voilà.»
«Du bist ein ganz Schlauer. Wirklich, kein Mensch

käme auf den Gedanken, daß etwas in deinem Fahrrad ist, wenn man dich so sieht›, sagte Rosa.
«Du suchst aber nicht Streit mit mir?» Schnüff verging das Angeben sofort, wenn Rosa ihn auf den Arm nahm.
«Ach was. Erstens: solche Zigaretten stinken wie die Pest; zweitens kenne ich den Trick schon ewig, wozu habe ich zwei Brüder. Vater kennt ihn auch und vor allem der Fahrradmechaniker, der alte Wenger. Neulich hat er gesagt: ‹Den kannten wir schon, bevor es überhaupt Fahrräder gab.›»
Schnüff mochte es nicht, daß seine Erfindungen schon vor ihm auf der Welt waren. Er sagte:
«Ich fände es ganz irr, wenn wir uns einmal austauschen würden. Ich bin du, Rosa, und du bist ich.»
Rosa überlegte: «Dann wäre ich Schnüff – – – aber wir müßten nicht die Kleider wechseln, nur uns selbst?»
«Ich verlange nicht, daß du meine Klamotten trägst, und ich möchte zum Teufel nicht Röcke tragen.»
«Wie lange soll das dauern?»
«Einen Tag oder zwei?»
«Von jetzt bis morgen um zwölf Uhr?»
«Abgemacht.»

«Meine Haare werden also rotbraun und sind ganz kurz geschoren . . .»
«Was kann ich dafür!» protestierte Schnüff.
Rosa fuhr sich mit der Hand über ihr volles, dunkel-

braunes Haar. «Dann kriege ich dein Engelsgesicht mit den abstehenden Ohren.»
«Ich habe keine abstehenden Ohren.»
«Dann nehme ich eine Sommersprosse nach der andern und klebe sie auf mein Gesicht.»
«Die hat man einfach», sagte Schnüff.
«Dann würde ich so schmal wie ein Zwergäffchen und kriegte dünne Beine.»
Rosa hatte anscheinend ihren ekligen Tag. Schnüff übernahm sich ein wenig:
«Und ich übernehme deine Pfostenbeine und werde ein Faß!»
Das war ins falsche Ohr gesprochen. Rosa schmiß ihr Fahrrad zu Boden, und ehe Schnüff schalten konnte, hatte sie ihn an der Gurgel gepackt:
«Sag das noch einmal, du Zwerg!»
«Mmmm», konnte Schnüff nur machen.
Rosa ließ ein wenig locker: «Sag, daß ich kein Faß bin und keine Pfostenbeine habe!»
«Du bist kein Faß und hast keine Pfostenbeine.»
Rosa drückte den Kragen wieder zusammen und sagte: «Schwöre!»
«Ich schwöre nie, nicht einmal für dich», sagte Schnüff, «und ich habe nie im Ernst sagen wollen, du seist ein Faß und du habest Pfosten.»
«Wenn das stimmt», sagte Rosa besänftigt, «dann bist du auch kein Zwerg und kein Affe.»
«Jetzt hab ich keinen Spaß mehr an unserem Spiel», sagte Schnüff.

«*Du* hast den Vorschlag gemacht. Wir sind mitten drin», sagte Rosa. «Ich wäre nun also Schnüff – und du hättest meine Brüste!»
Das war eine ganz neue Aussicht. «Daran habe ich gar nicht gedacht», sagte er ein bißchen verwirrt. «Das andere werde ich auch übernehmen müssen – in der Vorstellung natürlich.»
«Das gehört alles zusammen», sagte Rosa. «Du gehst jetzt also zum Bäcker und bist ich, und ich gehe zur Fretz und bin du. Nur eine Mütze brauche ich, sonst friere ich an deiner kahlen Birne.»
«Und ich lasse deine Haare offen, das gefällt mir an Frauen», sagte Schnüff.
«Wenn du das *so* sagst, bleibst du du. Du wirst gar nicht ich.»
«Stimmt, ich müßte sagen: Offene lange dunkelbraune Haare, wie ich sie habe, gefallen mir besser. Also, ich probiere es mal mit dir – bis morgen», sagte Schnüff.

Schnüff mußte sich zusammenreißen, um Rosa zu sein.
Er bemühte sich, so zu gehen wie sie; das gab er sofort auf. Er versuchte, so gerade zu stehen wie sie, seine Arme zu bewegen wie sie.
Er versuchte, einzuschlafen wie Rosa, als richtiges Mädchen. Dann fragte er sich, ob Rosa es fertigbringe, so einzuschlafen wie er. Er wußte nicht, ob sie ein Nachthemd trug; er hätte ihr sagen sollen, daß er

im Sommer nichts trug und im Winter das Hemd einfach anbehielt. Allerdings war jetzt Frühling.
Plötzlich kam ihm ein lustiger Gedanke: ‹Wenn ich Rosa bin, kann ich mich in Schnüff verlieben, zum Beispiel.› Also fühlte er sich sofort als Rosa und verliebte sich im Handumdrehen in Schnüff.
Aber dann fiel dieser Rosa ein, daß Schnüff wahrscheinlich Maria mochte oder *sehr wahrscheinlich* die Leni!
Sie fragte also Schnüff, in wen er verliebt sei, vielleicht in Rosa?
Schnüff übernahm sich wieder ein wenig und sagte: ‹Ich? Verliebt? Davor behüte mich der Regenwurm! Ich bin ein freier Mann!›
‹Dann wirst du aber auch von niemand geliebt›, sagte Rosa zu Schnüff. Das war nun doch etwas mager, und Schnüff sagte: ‹Natürlich liebe ich Mädchen, aber ich lasse mir nichts anmerken . . .›
Kurz darauf schlief Schnüff als Rosa ein.

Als die Mutter rief: «Schnüff! Aufstehn! Aber sofort», hatte er Leere, dann ein wildes Durcheinander im Kopf. Ob wohl Rosa, also er, auch so furchtbar schwer aufstand? Oder erwachte sie, also er, wie ein Hase? Und hatte sie, also er, Schnüff, gar gute Laune? So was müßte man natürlich sofort abschaffen. Ein gräßlicher Gedanke, sich gutgelaunt mit kaltem Wasser zu waschen! Oder gar beim Zähneputzen zu singen, wie die Grinser auf der Zahn-

pastareklame? – Falls die richtige Rosa morgens leicht und gutgelaunt aufstand, gäbe er ihr die Rosa auf der Stelle zurück. Das Vergnügen, bei diesem grauslichen Zähneputzen so richtig zu kleckern und zu spritzen – das gab er für die beste Rosa nicht her.
Ganz schwierig wurde es in der Schule. Beide saßen im selben Schulzimmer.
Schnüff geriet alles durcheinander: Blinzelte er als Rosa der Rosa, also Schnüff zu, oder blinzelte Schnüff dem Schnüff oder Schnüff der Rosa oder Rosa dem Schnüff – es war schwierig, das Leben.
Dann hatten sie auch noch Singen. Fräulein Grimm sagte: «Bernhard singt richtig, er soll in die vorderste Reihe kommen. Rosa, hörst du nicht, wie falsch du singst, geh in die hinterste Reihe. Das war schlimm für den echten Schnüff, aber auch für die richtige Rosa.
Schnüff hätte sich beim Singen am liebsten in Seifenblasen aufgelöst. Und Rosa hätte so gern gut gesungen.
In der großen Pause ging Schnüff zu Rosa: «Ich glaube, ich gebe dich dir schon jetzt wieder zurück.»
Rosa sagte: «Schade, es hat mir Spaß gemacht – bis auf das Singen.»
«Dann ging es dir gut mit mir?» fragte Schnüff fast beleidigt.
«Der größte Unterschied war beim Pinkeln.»
Schnüff spürte, wie er rote Ohren kriegte. Er sagte leise: «Mir ging's auch so – ungefähr. Sag mal: bist

du am Morgen gut oder schlecht gelaunt?»
«Ich? Schlecht. Und wie! Daß du mir vor dem Frühstück ja nie über den Weg läufst!»
Einen Augenblick fragte sich Schnüff, ob er es mit sich als Rosa noch eine Weile probieren sollte. Aber dann dachte er: ‹*Eine* Gemeinsamkeit reicht nicht fürs Leben.› Den Satz hatte er von Herrn Wenger.
Er sagte zu Rosa: «Also: ich gebe dir dich wieder zurück.»
Rosa sagte: «Und ich gebe *dich dir* wieder zurück – danke schön.»

Kurz vor Mittag sagte die Lehrerin:
«Übrigens möchte ich euch noch mitteilen, daß alle Kandidaten die Prüfung für die Sekundarschule bestanden haben. Sie werden in einem Monat schon nicht mehr an unserer Schule sein. Ich gratuliere.»
Schnüff wußte nicht recht... Das tönte so komisch: «Sie werden schon in einem Monat nicht mehr an unserer Schule sein.» Da verbrachte man sein halbes Leben in dieser Schule, und dann hieß es plötzlich: «Zusammenpacken, Adieu!»

Auf dem Nachhauseweg sagte Rosa: «Schnüff geht auch von uns weg – das ist eigentlich schade.»
Ernst sagte: «Schnüff ist ohnehin ein Jahr zu alt.»
«Ich bin nicht zu alt – und ich glaube, ab jetzt heiße ich nicht mehr Schnüff, sondern nur noch Bernhard.»

«Hast du Fieber?» sagte Rosa.
«Nein, aber gestern, als ich im Bett lag und du war, habe ich mir gesagt: ‹Wenn wir uns zurücktauschen, bin ich nur noch Bernhard.› Und da wir ja in einem Monat nicht mehr hier sind, ist das gut so.»

Ein wenig komisch war ihm schon, als er an den Mittagstisch trat. Onkel Matis sagte: «Wißt ihr schon, daß Schnüff die Prüfung bestanden hat?»
«Ja, ist prima so», sagte der Vater. Die Mutter sagte: «Das habt ihr alle gut gemacht.»
«Aber ich heiße nicht mehr Schnüff, nur noch Bernhard. Ich habe mir das so überlegt», sagte Bernhard.
«Hoppla!» sagte die Großmutter.

Robert Tobler

Rechnen ungenügend oder AVE EVA

Florian möchte Pilot werden. Seine mangelhaften Schulleistungen rücken den Traum jedoch in weite Ferne. Der Junge ist zwar intelligent, aber seine Gedanken gehen zu oft eigene, originelle Wege. Florian gehört zu jenen Jungen, die nicht durch laute Provokation auf sich aufmerksam machen. An einem Schülerstreik teilzunehmen riskiert er nicht, obwohl ihn die Idee fasziniert. Mit der Zeit lernt er, offen zu seinen Überzeugungen zu stehen (nach dem Motto «Wer sich nicht wehrt, lebt verkehrt»): In der Nähe des Schulhauses wird die alte Linde gefällt. Florian organisiert eine Beerdigungsfeier, und er erntet bei Kollegen (und bei Eva!) Sympathie. Im Zentrum der Erzählung steht das neue Gefühl, das Florian bei sich entdeckt: die Liebe zu Eva; voller Ängste, Unsicherheiten und Höhenflüge. Er erfährt trostreich, daß die Schule nicht das ganze Leben ausmacht. Florian, der Antiheld, bietet sich vielen Gleichaltrigen als Identifikationsfigur an.

Ursula Eggli/Hagen Stieper

Sammelbammel und Rollstuhlräder

Marlis, der kleine Wirbelwind auf vier Rädern, erlebt ein aufregendes Jahr. Mit der Mutter und ihrem Bruder Rolf zieht sie in eine Blockwohnung. Schon bald gibt es Ärger mit den Nachbarn, dem Abwart und der Hausverwaltung. Die Rampe zur Wohnung, die Rolf und sein Freund gebaut haben, muß wieder weg. Aber kleinkriegen läßt sich Marlis nicht. Ihr neuer Elektrostuhl ist nämlich ein Hit. Mit ihm geht sie auf abenteuerliche Fahrt. Und schwupp – schon liegt sie kopfüber im Morast. Wenn Paul nicht auf sie gestoßen wäre, würden wir nicht vernehmen, was uns Marlis aus dem Sommerlager mit anderen behinderten Kindern zu berichten weiß, und Marlis und ihre Mutter müßten immer noch allein im Block wohnen und könnten von der Wohngemeinschaft, in der sie jetzt leben, nur träumen.

Irena Breźna/Alpha Oumar Barry

Biro und Barbara

Zwei Welten stoßen aufeinander: Biro, ein schwarzafrikanischer Knabe, trifft auf Barbara, ein weißes europäisches Mädchen, das seine Mutter auf einer Geschäftsreise begleitet. Das Autorenteam erzählt von der eigenartigen, irgendwie vorbestimmten und doch ganz aus dem Nichts wachsenden Freundschaft der beiden so unterschiedlichen Kinder. Das heißt, eigentlich bestehen die Unterschiede nur im Wertsystem der Erwachsenen, sogenannte unüberwindliche kulturelle Diskrepanzen und Vorurteile. Für Biro und Barbara gibt es all das nicht. Ihre Welt ist erfüllt von Verstehen und Gemeinsamkeit.
Die Spannung erhält das Buch vor allem aus der zweigeteilten Berichterstattung. Irena Breźna vertritt dabei den Part von Barbara, steht für «weiße» Gefühle und Ideen. Alpha Oumar Barry schafft das «schwarze» Gegengewicht, indem er für Biro und seine Welt schreibt.

rgt, Bund

Iris Riesen

Caramel und Picasso

Manchmal bleibt einem Kind nichts anderes übrig als auszureißen. Dann zum Beispiel, wenn die Erwachsenen über ihren Problemen und Wünschen vergessen, daß Kinder auch welche haben. Weil die Erwachsenen durchaus ihren Kopf durchsetzen wollen, müssen Caramel und Picasso Zuflucht in der Baumhütte suchen. Bis jetzt hatte Caramel keine Freunde, sie sieht nämlich ein bißchen anders aus, caramelbraun eben. Das hat sie schon oft verwünscht, sie möchte aussehen wie die anderen, doch da läßt sich nun einmal nichts machen. Die gemeinsamen Sorgen verbinden, bald ist es richtig gemütlich in der Baumhütte. Überhaupt, zu zweit, oder gar zu dritt, wenn sich noch Eva mit Butterbroten und Cola in die Hütte schleicht, sieht die Welt viel besser aus. Da läßt sich auch der Mut finden, den Erwachsenen zu sagen, was einem zugemutet werden kann und was nicht.

Geschichten vom Schnüff

Schnüff haßt Holunderbrei, aber in diesem Punkt setzt sich seine Mutter immer durch. Sonst geht es allerdings meist nach seinem Kopf. Am besten gar nicht erst einen Erwachsenen fragen, einer findet sich immer, der die gute Idee verbietet. Deshalb baut Schnüff die Flußhütte, ohne um Erlaubnis gefragt zu haben, brät in Onkel Matis' Militärhelm Forellen, baut mit Ölfässern ein Floß und aus Schrott eine Kanone, die mit Karbid echt funktioniert, jedenfalls manchmal. Hinterher kommt dann meist das Unangenehme: Onkel Matis braucht den Helm wieder, Herr Ledermann schreibt wütende Briefe wegen gestohlenen Fischen, und Paul hat einen Kahlkopf, weil die Kanone plötzlich hinten heraus schießt.

Schnüff, Herr Knopf und andere Freunde

Schnüff hat sein Bett für ein Mädchen räumen müssen: Karin aus Hamburg verbringt ihre Ferien in der Schweiz. Schnüff zeigt ihr, daß er Jeep fahren kann, stellt dabei den Jeep in den Fluß und bringt ihn nicht mehr hoch. Karin ist ein lebhafter Wuschelkopf und bald Schnüffs beste Freundin. Sie nimmt an der Expedition in die Schlucht teil, wo die Kinder vor lauter Regen und anderem Ärger nicht mehr zum Bärenjagen kommen. Herr Knopf, von dem gesagt wird, die Gicht habe ihm aufs Hirn geschlagen, zeigt Schnüff, wo die Fledermäuse leben. Er besitzt außerdem eine geheimnisvolle Truhe, die im Estrich von einer großen Katze bewacht wird. Vor der hat sogar Schnüff Angst, obwohl es ihm sonst an Mut nicht gebricht.

Die Kassette mit Schnüff-Geschichten
Berndeutsch erzählt von Hugo Ramseyer
Zyt C 406